［日］上远野浩平 著
汤豆腐 译

紫骸城事件

inside
the apocalypse
castle

by
Kouhei Kadono

宁波出版社
NINGBO PUBLISHING HOUSE

◇千本櫻文庫◇

◇前言 PREFACE

　　文库，原本是指收纳书物的仓库和书库，也指收纳书、记事簿以及非日常物品的小箱子。以前者为例，京浜急行线的"金泽文库站"就是镰仓时代北条氏用来收藏汉书用的，"金泽文库"名称的由来便是如此。东京都的世田谷区也有收藏着珍贵汉书的"静嘉堂文库"。后者多被称为"手文库"。

　　江户时代以来，可以放入袖袂的小开本图书逐渐流行起来，被称为"袖珍本"。明治三十六年（1903年），富山房发行了小开本的丛书，起名"袖珍名著文库"。随后，明治四十四年（1911年），讲述战国时代的猿飞佐助和雾隐才藏系列故事的讲谈社"立川文库"出版发行。讲谈是一种日本民间艺术，指以口语化的方式讲述历史故事的形式。而"立川文库"则是指由讲谈收录成册并集中出版的丛书，据统计，当时刊行量为200册左右。从那时起，文库就脱离了原本的释意，逐渐演变成了现在的类书集丛。

　　文库说法借鉴了日本出版界的传统说法。而千本樱源自日本奈良县吉野山樱花盛开的奇景，世人皆用"一目千本樱"来形容樱花美景。千本樱文库的收录作品皆为日系作品，题材包括推理、悬疑、幻想、青春、文化等类型，恰如千本樱满山盛开的绝景。

现代日本，以"文库"命名刊行的丛书系列有200种以上，所谓"文库本"只不过是统称而已。日本传统的文库本常用的是A6尺寸（148mm×105mm），也叫"A6判"。千本樱文库的所有图书将在文库本的基础上提升，达到148mm×210mm的开本标准。追求还原的同时，力图带给读者更清晰的阅读体验。

　　20世纪70年代以来，日系推理小说逐步进入中国读者的视野。随着时代发展，涌现出了各种不同风格的作家。1997年，上远野浩平带来了一部奇幻与悬疑结合的作品——《不吉波普不笑》。该作不仅获得了第四回电击游戏小说大奖与电击文库发行量最高之作的荣誉，更是奠定了轻小说热潮的基础，并对西尾维新、奈须蘑菇等知名作家产生了深远影响。对上远野浩平而言，与名作"不吉波普"系列有着平行世界关系的便是"战地调停士"系列。

　　《紫骸城事件》作为"战地调停士"系列的第二部作品，区别于冒险与推理并行的《杀龙事件》，本书的故事场景固定在骇人的紫骸城内。以极限魔导大会为契机，所有到访者被卷入"魔女诅咒"的风暴。大规模命案的真相，魔女之间存续三百年的争斗，一切谜题都将由别具一格的双子调停士揭晓。

千本樱文库编辑部

RENAISSANCE OF LIGHT NOVEL

轻的文艺复兴

  轻文艺是介于轻小说与纯文学之间的分类。与轻小说一样，轻文艺较多使用配色浓烈鲜明的背景与人物形象的立绘作为封面。而在内容方面，除了汲取轻小说中"剑与魔法""异能""机械"等常见要素以外，更加注重构筑世界观，合理搭建人物关系，使其充分服务于剧情发展，因此更加具有逻辑性，作品完成度更高，并非只依托于"角色力"。而与纯文学相比，其天马行空的想象力，更受年轻读者喜欢的角色，以及融入流行文化的余味，都充分诠释了"轻"的概念。作为类型文学的重要分支，"轻文艺"不仅体现着文学的功能性，更将娱乐性发挥得淋漓尽致。

  说到轻文艺的起源，离不开轻小说的发展。21世纪初，轻小说曾经涌现出大量内容丰富的杰出作品，读者群体涵盖甚广，题材百花齐放，文学性与娱乐性都非常高，当时堪称轻小说的"黄金时代"。但随着动画市场的商业化运作愈发成熟，轻小说逐渐受到形象商务与媒介联动的影响，"萌文化"与"角色力"逐渐占据主导地位，如今轻小说的受众群体范围在逐渐缩小。近年，轻文艺的涌现也正是适应了读者的需求与时代的改变。

  "轻的文艺复兴"旨在再现当初轻小说"黄金时代"的繁荣，遴选当下具有代表性的轻文艺作品，其中既有口碑甚好的名作，也有个性鲜明的新作。宛如文艺复兴运动，将曾经辉煌过的流行文化，推荐给这个时代的读者们。

 千本樱文库

如同启示录的两名魔女酝酿的因果之毒，

城塞失去门扉，陷入迷惘的黑暗之中。

contents

紫骸城事件

inside
the apocalypse
castle

by
Kouhei Kadono

目录

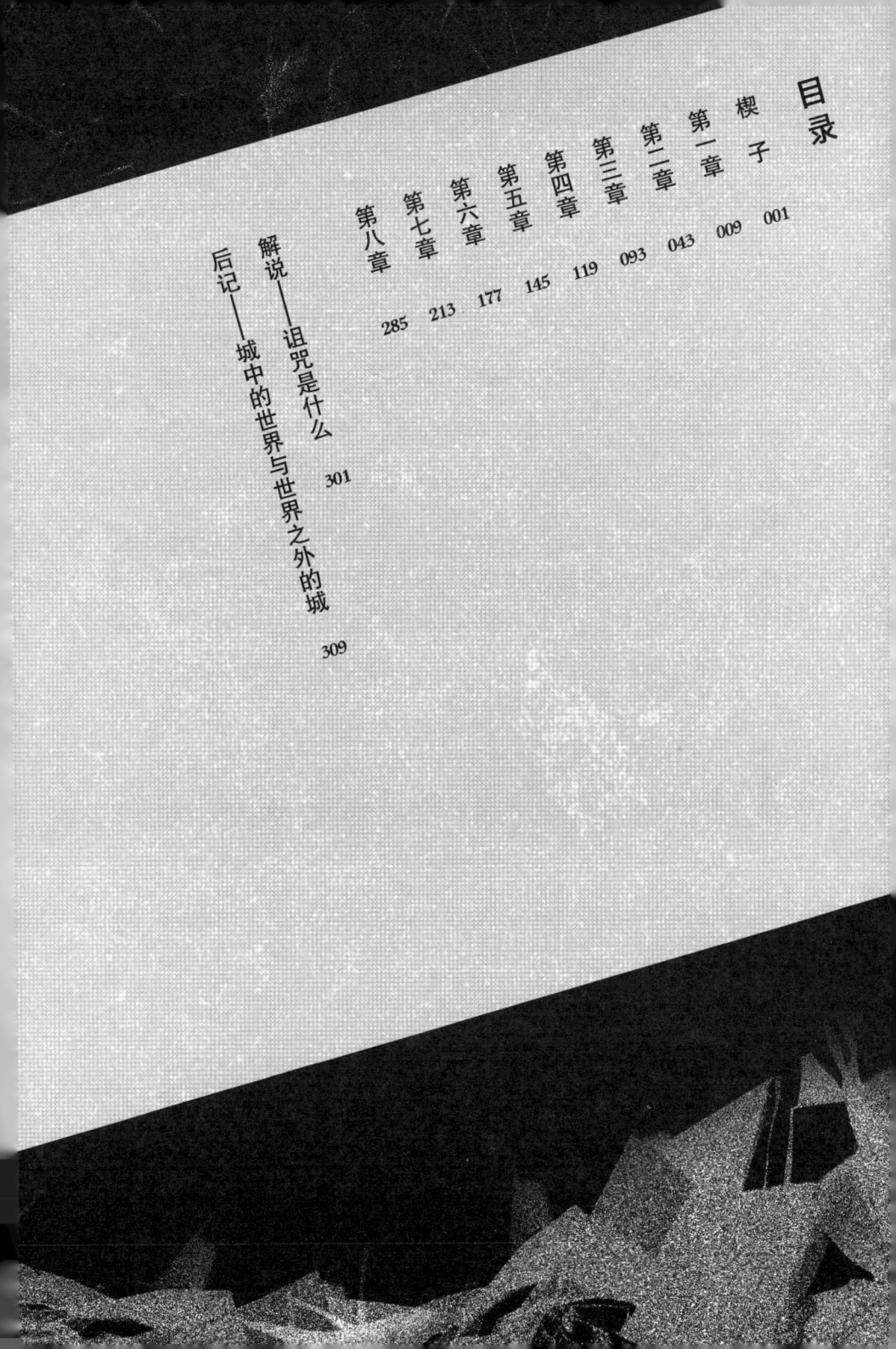

楔子 001
第一章 009
第二章 043
第三章 093
第四章 119
第五章 145
第六章 177
第七章 213
第八章 285

后记——诅咒是什么 301

解说——城中的世界与世界之外的城 309

楔
子

那座城塞耸立在荒野的中心。

"……"

而且，那座巨大城塞的王座上，坐着一名年轻的魔女。

魔女名叫李·卡兹。

她是这座城塞的主人和设计者，也是整个世界的统治者。

"哼……"

城塞里除了她，没有其他人。

准确地说，是没有其他活人。

王座所在的大厅里，有近百具尸体。

每具尸体的口中，都吐出了大量的血。他们脸上的表情满是煎熬和痛楚，哪怕是地狱里的折磨也不至于如此残忍。

"那么……"

李·卡兹对这堆尸体毫不在意，只是平静地等待着什么。

城内的空气已经被泛着淡紫色的烟雾污染，这无疑就是此处充斥着尸体的原因。

然而，即使身处在充满死亡因子的空间里，李·卡兹也表现得若无其事。不仅如此，她甚至显得容光焕发，仿佛这些"死亡"正是她

001

所需的养分。

然后,远处传来"轰隆"一声,仿佛有什么东西炸开了似的。

轰鸣声在持续。

剧烈的震荡动摇着整个城塞。墙上的灰泥纷纷剥落,落在尸体上。

包裹着城塞四周的多重结界,正在持续遭受破坏。

但是,在这种宛若发生地震的情况下,李·卡兹却只是一动不动地坐在那里。

"终于来了……"

声音和震动变得越来越大,越来越接近。

随着一道巨大的撞击声响起,城门被撞开了。

接着,传来了通往王座大厅的装甲门被逐一击穿的轰鸣声。

李·卡兹仍然一动不动,但她的表情开始有了变化。

"呵,呵呵……"她笑了起来。

笑声中洋溢着无上的欢愉——就是这样一种充满自信的笑法。

"呵呵呵……"

最后,随着大厅的门被轰开,刚才不断接近的人来到了李·卡兹的面前。

那是一个有着冷峻的目光——仿佛能将对方射穿的锐利眼神的美丽女人——不,说是少女也不为过,一个年轻、凛然的女人就站在那里。

女人的身材高挑,形体紧实有致。

"李·卡兹，我从地狱深处回来了！"

她瞪着眼前的李·卡兹。在这个充斥着死亡的城塞里，她也同样表现得毫不在乎，充满活力。

在这种对峙的情况下，就会发现两人非常相似。就像镜子的正反两面，只是愤怒变成了笑容，斗志变成了恶意，除此之外就是同质的存在感。

"战鬼，欢迎你！"

李·卡兹终于站了起来。

"我就知道，即使坠入亚空间炼狱，你也一定会回来。因此，我建造了这座城塞，一直在等你。"

被称为"战鬼"的女人将目光投向填满整个大厅的尸体。

"这些人……难道不是你的部下吗？"

"部下？我希望你把这些称为'零件'。"李·卡兹冷笑着说。

"除了化作构成这座紫骸城的'诅咒'的一部分，这些甚至不配为人的魔导师，他们还会有其他价值吗？"

从奢华的服饰就能看出，她所说的那些尸体都是各国的最高领导人或类似的人物。他们是魔导帝国的领主、将军和参谋，被李·卡兹打败后，就发誓对她绝对服从。这些曾经代替李·卡兹对无辜平民实施暴政的权贵，如今已经变成了堆积如山的垃圾碎屑。

"……"

曾经与那些尸体战斗过的女人——战鬼，一瞬间露出了仿佛在哀悼他们的表情。

但是，她很快又恢复了严肃的表情。

"李·卡兹——你践踏一切，终究是有何目的？"

"没有目的，就不能有所作为吗？"李·卡兹冷笑着，立刻回答道。

"不过，就当我有一个目的吧——那就是和你做个了结。究竟最后活下来的，会是你这个魔法文明技术创造的终极杀伤性武器，还是费尔法斯拉特家那被诅咒的血脉的终点——也就是我这个'成品'呢？或许这就是我的'最终'目的吧。"

"那么，我会立刻将你击溃，让你见识所谓的'终极'！"

战鬼向前迈出一步。

"我不管是紫骸城还是什么东西，光是这种程度的诅咒是不够的。我会让你亲身体会到，你赢不了我奥利瑟·库奥尔特！"

"呵呵……"

即使面对最强宿敌的胜利宣言，李·卡兹仍然保持着无畏的笑容，然后说道："紫骸城'不足够'？这种事——"

说着，她也向前迈出一步。

"这种事，我自然知道——"

*

——此后，两名魔女发生正面冲突，一起从这个世上消失了。据说，两人也许是同归于尽。

那场战斗造成的损失非常惨重，余波席卷了全世界。战场中心一带的荒野产生了大量的魔法咒语污染，从原本的荒野变成了充斥着畸形魔法生物的黑暗森林。即便是三百年后的现在，这片足以容纳三个国家的巨大区域，仍然是世界地图上的一抹空白。

但是——地图上的那块地方，有一个明确的标记点。

那就是紫骸城。

紫骸城作为李·卡兹为了与宿敌奥利瑟·库奥尔特交锋而建造的能量收集装置，不知为何没有在这场冲突中遭到破坏。虽然局部有所损坏，但是从当时在空域中肆虐的破坏性能量总量来看，城塞根本不可能残存下来。更何况在战斗的时候，李·卡兹肯定已经把收集到的所有能量都消耗殆尽。在一场引发世界性大地震和大海啸的最终战争中，这样的空壳位于所谓的"爆炸中心"却安然无恙，不管怎么想都是不可能的事。

但是，紫骸城如今仍然耸立。

紫骸城原本就是集当时的技术精粹而建，其坚固程度哪怕是现今的建筑也无可比拟。仅仅历经三个世纪，并不会出现明显的劣化。

相反，甚至可以说它得到了强化。这是因为，在本应作为其终极目的的那场战斗结束后，这座城塞仍然在不断地收集诅咒。

这些持续积蓄的能量总量，现在是何种状况呢？想想就觉得可怕。

现在，紫骸城被封印起来，只限用于某个目的。过去只有极少数精英才能使用的魔法，现在已经成为一项普遍技术，被人们运用自如。因此，本来极度危险的紫骸城，似乎也通过封印来进行压制。

每隔五年，对自己的本事有自信的魔导师们都会从世界各地赶来聚集在一起，举办一场决出最优秀魔导师的比赛——"极限魔导大会"。根据比赛的举办条件，紫骸城就是最适宜的比赛地点。

但是本人，弗洛斯·弗罗雷德魔导上校认为——我们还是不应该接近那座城塞。

无论魔法技术如何进步，哪怕过去的奇迹已经变得触手可及，唯有紫骸城仍旧属于另一范畴。施加在那座城塞上的诅咒，被足以毁灭整个世界的庞大虚无所依附。若是要挑战它，倘若心中没有同等程度的空虚，就必然会遭到可怕的报复。

凄惨、扭曲、恐怖、可恨的报复——

是的——在那座城塞里发生的，如同无尽地狱一般，由一系列的不可能构成的连环凶案，但从那座城塞的建设目的来看，或许也是情理之中。而作为事件主角的那对双胞胎——也许就是那些被诅咒的事物在当下的结晶吧。

在恶意满盈的命运面前，我们无能为力。这是关于那座城塞的绝对真理。

在那座城塞里，任何人都不被允许选择自己的命运。

——因为，那就是紫骸城。

「驱动人世的，正是「恶意」。想要践踏某些事物的心思、试图欺骗他人以抢占先机的意识——只要有这些，人类就没有做不到的事。」

——出自《魔女的恶意》

剧烈的风暴，盘旋在城塞附近的上空。

在呼啸而来的狂风和雨滴之中，我所乘坐的飞艇就像一片摇晃的树叶。

我已经消耗殆尽，正在小口小口地喝着保温壶里的热茶。从祖国出发，已经过了五个小时。热茶已经变温了，但还是滋润了因紧张而干渴的喉咙。

"弗罗雷德上校，马上就到目的地了。"坐在前面的操舵士官向我招呼道。

飞艇是双座式的，只有我们两人搭乘。

"嗯，我知道。"我用连自己都觉得微弱的声音勉强回答。

飞艇上只有我和这名士官两个人。

我是军队中最年轻的上校，这名掌舵士官则刚从训练学校毕业不久，即使把我们的年龄加起来，也比这艘应急飞艇平时的乘客——军队高层的平均年龄要小十岁以上吧。这样想着，不禁再次感觉到，我正涉足于自己不习惯的事物。

"不过，这要是平时惯乘的超音速强化鸟，我们早在四个小时前

第一章

就到达了。"士官嘟囔道。

他似乎也累了。虽说我是上校，但他似乎对年纪相近的我感到很亲近。

"如果是强化鸟，它们自己就会吟唱飞翔咒语。飞艇这种东西，如果不事先注入咒语，根本连浮都浮不起来，完全没有效率可言。这玩意儿就只适用于体育竞赛，没有半点实用性。"

士官发自内心的抱怨有一种奇妙的真实感，听得我不禁笑了出来。

"唉，这也没办法。多亏飞艇本身没有生命，感受不到恐惧，所以我们才能来到这片森林的上空——"我一边说，一边俯视窗外。

眼底下，是不断延伸的巴特洛古森林。

"强化鸟会本能地察觉到危机，无论怎么操纵，都不会靠近这片森林。"

"那样才比较好吧？这种地方还是不要靠近为好。"

也许是树木被风吹动的缘故，从上空俯视的巴特洛古森林在蠕蠕而动，仿佛它本身就是一头名为"大地"的巨大生物。

而且，这片森林错综复杂，存在于此的生态系统形成了一个巨大的装置，确实足以被称为"一头生物"。自三百年前李·卡兹与奥利瑟·库奥尔特发生激烈冲突，在这片土地上散布大量的诅咒以来，受到污染的森林不断发生突变，最终变成了只有怪物才能生存的魔窟。

就是在这样一片险恶之地上，"裁判"的任务正等着我。

暴风雨变得更猛烈了。

"气流好像变成旋涡了?"士官低声说着,和不听使唤的操纵杆展开了殊死搏斗,"这个中心,果然是……"

"是啊……"我也点了点头。

没错,位于旋涡中心的恐怕就是目的地的城塞。

"还看不见吗……"

隔着被雨点激烈击打的窗户,我寻找着那座建筑物。

就在这时,一道闪电降下,电光晃得我睁不开眼。

雷声迟了一秒才响起来,船身被震得嘎吱作响。

距离很近。当然,如果直接击中船身,这种飞艇就会被劈得粉碎。

"不、不要紧吗?听说那座'城塞'就是一个巨大的魔导装置——难道是用来攻击所有接近城塞的人吗?"

"也许是这样……"

"咦……不会吧!"

"嗯,所以不能太过接近……你和这艘飞艇只需飞到能看见城塞的地方,不用着陆,就这样原路返回——我一开始就这样说明过吧?"

"是、是的……但、但是,在这种天气下,能看见城塞的位置,说不定已经缩短到危险区域内了……"

确实有这种可能性,但我想到的不止这些。

就连暴风雨也属于它的"效果",包括这些因素在内,那座"城塞"不就是如此建造起来的吗?故意把人们逼到危险区域的边缘,仿佛在说"如果要接近就过来吧，只是生命安全就没法保证了"。

……果然，这需要相当高的觉悟啊。

就在我暗自感叹时，闪电再次划过。

然后，我看见了……

在那一瞬间的闪光之中，我发现它就耸立在那里。准确地说，我之前就已经看到了——只是它与从地面上缠绕而来的植物融为一体，从上空俯视的时候，难以区分其轮廓与地面的凹凸不平。如果是从下面看的话，肯定早就发现了吧。

但是，在电光的照射下，它的影子落在地面上，让我得以清晰分辨其高度。以我所知的建筑知识，这是多少层的建筑物呢？一百层？两百层？总之，我从未见过如此巨大的建筑物。

"刚、刚才……"士官茫然地说，"刚才……一瞬间看到的……就、就是那个吗？"

"应该没错。"

"那算是'建筑物'吗？与其说是建筑物，在我看来……更像是有着异常多尖顶的岩石山，或是像龙一样的怪物弓着背蹲在地上……"

我完全同意。顺便说句，我还觉得它就像地狱里的针山，简直不是阳世之物。

曾经让整个世界深陷恐怖之中的凶恶魔女，为了与最强大的敌人战斗而建造的城塞。

"是的……那就是紫骸城。"

紫骸城事件

*

犯罪者当然知道自己在做什么。

他知道，一旦开始，任何人都无法阻止。

但是，犯罪者没有半点犹豫。

据说，面对前来谒见的贫民男子，建造这座紫骸城的李·卡兹曾经说过这样的话。

"你说束手无策，但只要有'恶意'，就有办法解决这个世上的所有事情。没错，比如说，只要有'恶意'，就有可能杀死你最憎恨的仇敌——理应是绝对存在的龙。嗯？你问是怎样的方法？就是……"

方法本身只传达给倾听她耳语的人，所以至今都无法确认她的方法是否真的足以杀死一条龙。

但是犯罪者认为，李·卡兹绝不是信口开河。

因为他现在的处境，和明知对方是用恐怖手段蹂躏世界的独裁者，却仍然冒着生命危险前来谒见的贫民是一样的。而且，他也知道恶意恰恰是打破现状的唯一手段。

哪怕要与所有人为敌，并将他们全部杀死，犯罪者也不会放弃自己心中的恶意。

进入紫骸城的人——全员,无一例外。

*

面对这巨大的城塞,我和正在驾驶飞艇的士官都一时说不出话来。但是,我们不能一直沉浸在震撼之中。这艘飞艇不知何时就会被周围疯狂肆虐的闪电击落。

"要赶快才行——"

我开始做入城的准备。

"上、上校……真、真的要到那东西的里面去吗?"

"毕竟任务内容就是这样……没办法。"

对于在魔法技术方面被视为二流国家的希西巴尔共和国——也就是我的祖国而言,这是终于降临的机会。

只要顺利完成这项任务,我国代表在魔导师行会总部的发言权就会得到切实的提升。我的肩上担负着让祖国三百多名魔导师的地位得以提高的重任。

我拿出行会事先配发给我的咒符。

这个咒符很普通,是一块稍厚的板,约有巴掌大小。材质是轻金属,表面刻有复杂的图案。

而且这个咒符,与设置在城塞中的魔法装置相对应。

进入城塞的唯一方法就是这个咒符。

一旦进入城塞，那么直到大会结束一周后都不能出去。因为咒符上有这样的设定。即使中途弃权，也不可能离开城塞。

"……"

为了平复心情，我又喝起了茶壶里的茶。液体流进喉咙的感觉很舒服，我想继续品尝，但茶壶很快就空了。我把茶壶放到后面的置物台，再次做了一个深呼吸。很好。

"——就在这里转圈，然后返回本国吧。辛苦了。"

我一边说，一边打开飞艇的舱门。猛烈的风雨和雷鸣声冲了进来。雨滴打在脸上，甚至会有痛感。

"祝、祝你好运！"

听到士官的声音，我默默地回了个敬礼，然后跳下了飞艇。

在空中任凭暴风雨肆虐，我拼命地盯着咒符，开始吟唱咒语。

"——充满这片土地的诅咒啊，我将驱除尔等对未偿之愿的执迷，作为代价，请助我一臂之力——请执行咒符中的指令，以换取尔等的湮灭——"

魔导师在施展法术的时候，吟唱咒语并非必要条件，但我还是习惯将其作为集中精神的办法。

全身都有一种被牵引的感觉。咒符上的"瞬间移动"咒语发动了。

我在外面的世界最后看到的东西，是在闪电的映照下，自己即将进入的怪异巨城的逆光轮廓。

看起来就像剪纸的巨人。在我眼里,相当于脸颊的部分——

"只要和这座城塞有所关联,你就会付出相应的代价。"

——就像在充满恶意地发出这样的冷笑声。

感觉到被牵引后,我的身体再次被抛到某个空间里。

然后被摔在地上。

"呜!"

我还没来得及调整姿势,就倒在了又硬又冷的地板上。

怎……怎么回事?

周围一片漆黑,没有任何动静。

万籁俱寂。

"……"

刚才还置身于暴风雨和雷电的轰鸣声之中,现在却根本听不见那些声音。但我肯定,自己是在城塞里。

但是,太奇怪了……

按理说,我应该被传送到咒符所设定的城塞中的着陆点。空间传送咒语是一种只能应用于事先设定的坐标点之间的技术。如果传送失败,结果只是无法移动,至于被传送到别的地方——这种事是不可能发生的。

然而目前无论怎么看,这里都不像是能作为着陆点的地方。既没有灯光,也没有人。

而且……虽然说不清,但我有一种奇怪的违和感。一股平时不会有的烦躁感涌上喉头,挥之不去。

总觉得——喉头发涩。

但我不知道这是出于何种原因。只是隐约有这样的感觉,却抓不住其实质,这更让我不安了。

我站起来,双脚踩在地板上,发出"砰——"的声音。声音之大,连我自己都吃了一惊。

这声音回响着向四周扩散开来,一直传到很远的地方。我似乎身处相当宽敞的地方。

"喂——"我试着发出声音。

"喂——有人吗?"

等了几秒钟,还是没有任何回应。

这到底是怎么回事?我的心里涌起了不安。

这也许是一场惊天阴谋,而我落入了圈套——或许,有可能比这更糟……

难道这座城塞本身,就是一头把入城的人全部吞噬的怪物吗?

这样的恐惧感接踵而来。除了我,先行入城的所有人恐怕都已经被这座城塞消化干净了吧——我不禁产生了这种想法。

那种喉头发涩的感觉又来了——该死,这到底是怎么回事?

说起来,三百年前的最终战争后,当这座紫骸城被发现时,据说城塞里堆放了大量的白骨。而且,那些白骨并不是因为尸体腐烂而导致骨肉分离……而是在高温的炙烤下,骨头以外的部分都被烧尽,就像经历了火化似的。

同样的事情,即使现在再次发生也不奇怪吧……

"该、该死……"

我感觉到双腿在颤抖。我本身与勇敢绝缘,遇到危机时,我会把逃跑放在第一位。我并没有勇气。

但是——我突然回过神来。

是的,我认识一个真正有勇气的人。以前,我就遇到过这样的男人。

那个被称为风之骑士的男人曾经对我说过这样的话——"听好了,弗洛斯,城塞本身并不是怪物。它只是一件工具,只不过是为了战争而准备的大型工具而已。害怕城塞本身是没有意义的。"

而且,多亏了他这个救命恩人,我才得以存活至今。虽然他年纪比我小,但对于我来说,他就是我人生的导师。

如果现在他在这里,一定不会被无限的恐惧所束缚。

你说得对,希斯罗——不管这里是多么怪异的地方,城塞就是城塞,不过是工具而已。

冷静想想的话，对我这种身份的人，根本就没必要特意设下圈套。

而且，如果这座城塞会杀死所有入城的人，那么每次在这里举行大会时，所有在场的人理应都会丧生。但是，事实却不是这样。

虽说不知为何会被传送到这种奇怪的地方，但也不过如此。

要消除这个疑问，完全没有必要感到恐惧。

我做了一个深呼吸，让内心平静下来。等眼睛重新适应黑暗后，我发现城塞的墙壁上到处闪烁着淡紫色的光芒。这似乎是这座城塞"吸收诅咒"的性质引起的极微量能量流出的现象。在星星点点的微光照射下，我逐渐看清了自己所在的地方的样子。墙壁上那些凹凸不平、具有雕刻感的含蓄装饰也逐渐映入眼帘。

"确实，没什么大不了……"

我决定出发，去寻找肯定在某个地方的其他人。

走了不到一分钟，不知从哪里传来了声音。

嘎吱——

这是机械类的物体嘎吱作响的声音。

"……"

我稍稍屏住呼吸，蹑手蹑脚地向声源靠近。

嘎吱、嘎吱——

声音连续不断，我就跟着它向前走。

最后，我来到一个相当宽敞的地方。这个大厅里，装饰着奇怪的大型物体。

这……这是什么？

一开始，我甚至不知道那是骨头，因为实在太大了。但仔细一看，就会发现那确实是生物的骨头——大概是模仿实物制作的，只是尺寸实在过于巨大。我估计那就是所谓的生活在古生代时期的爬虫类化石，但它的形状非常特殊。

我甚至不知该如何比喻那种异形——但总感觉自己好像知道这种生物。虽然不是直接认知，但我似乎听说过它。

怎么说的来着？是听谁说的来着？啊，我记起来了，这也是从希斯罗那里听来的。当我问他"至今为止你见过的最厉害的东西是什么"的时候，他确实是这样回答的——"唔，我无法进行说明。那是区别于这个世上所有的事物、比任何人都要伟大的存在。总之，我只能说，在我们看来那不同性质的形态，却有着压倒性的存在感——"

曾经在这样的场景中听说过的那种生物，与眼前的庞然大物非常接近。那是什么来着？

"……"

回想起来时，我不禁感到愕然。

因为那是"龙"。

据说那是世上最伟大、最强劲的存在，它所操控的魔导力量之强，即使全人类团结起来也无法与之匹敌。就连龙所栖息的空域，都不会有任何掌权者胆敢染指，只能任其保持原始的环境。

那种生物——龙的骨骼？

不，不可能是实物，肯定是仿制品。世界上只有七条龙，早在紫骸城建造之前，它们就已经存在于世上。任何人都不可能见过这样的骨骼。无论是多么厉害的冒险家，都不可能打败龙，也不可能知道龙的骨骼是何种构造。

不过，哪怕是凭想象制作的骨骼标本，既然把这种东西堂而皇之地装饰在这里，就意味着这座城塞的设计者，即李·卡兹过于强烈的意志——"即便是龙，也无法使我屈服。"——这番充满魔女的自信的宣言，似乎也包含在这件艺术品之中。

"……"

然后把我引导到这里的声音，是从这件艺术品的另一边，也就是延伸而出的回廊里传来的。

我经过骨骼标本，从大厅走进回廊。不过，空间还是很宽敞，感觉甚至足以让军队在这里行进。

嘎吱、嘎吱、嘎吱——这种声音还在持续。

不久，我发现了地板上摆放着一个奇怪的物体。

这是什么？

圆圆的，黑得发亮，而且在蠕动。它没有移动，只是在一个地方晃来晃去。比人的脑袋要大一圈。

一开始，我以为那是只大虫子。但如果是虫子，它的形状很奇怪。而且，它泛着金属光泽，有着人造物的气息。

第一章

我试着继续靠近。

结果，我发现那是一个马口铁制的大型人偶。它的脑袋出奇地大，手脚很小，宛如婴儿的形状，与婴儿一般大小。不过，相当于脸颊的部分只有两三个洞，就像无脸怪似的，只有非人类的表情。

也许是内设了活动装置，它就像真正的婴儿那样，缓慢地活动着手脚，关节部位发出"嘎吱嘎吱"的声音。

"这、这是什么？"

哪怕是要说恭维话都不想夸这东西可爱——不，说白了，这东西让人毛骨悚然。这样的玩具合乎常理吗？

我战战兢兢地伸手去拿那个人偶。然而，就在这时……

"噫嘎啊啊啊啊啊啊啊啊啊！"

这一声尖叫，尖锐得仿佛要割破皮肤。

我条件反射地面朝那个方向——然后，看到了逼近眼前的火球。那是出于魔法的火焰攻击弹。

在惊愕的同时，我立刻采取了训练过的应对行动。

我在没有咒语的快速实施状态下，使用抵消火焰的冰冻魔法，在火球前面筑成了一道冷空气墙。

高热和冰冻剧烈碰撞，空气中迸发出"砰"的一声。转眼之间，这场爆炸就扩散到四周的墙壁，然后被吸收进去了。

吸收魔法，这是紫骸城的性质。城内的空间本身就充满能量（恐怕是物质达到饱和状态后渗出来了），但只要稍微碰触到墙壁或天花板，魔法就会立刻失效。

我猛然后退，与偷袭的敌人拉开距离。敌人却毫无防备，惊慌失措地向这边跑了过来。

"啊——孩子！你没受伤吧？"

那是一个女人，一个年轻女人。尽管我已经摆出攻击的姿势，她却只顾着小心翼翼地抱起刚才的人偶。

"哎呀，乖孩子，不用担心。"女人哄着人偶，仿佛它是真的婴儿。

……

我感到很困惑。总算见到了人，我却不知道现在是怎么回事。

女人狠狠地瞪着我。

"你要对别人的孩子做什么！"

她的语气和态度有一股奇妙的感染力。

"你、你说那是孩子？"

那个奇怪的人偶？

这时，我终于回想起这个女人的身份。我认识这张脸。

"你是……娜娜雷米·穆诺吉塔贾哈尔小姐吗？"

这个女人之所以出名，是因为她曾经是贵族千金，却与有门第差异的男人私奔。但是，据说私奔失败了，那个男人也死了。

既然进入了这座设有魔法结界的城塞，就意味着她也是一名魔导师。穆诺吉塔贾哈尔家族确实是有名的魔导师世家，但我不知道原来她也拥有魔导师的资质。刚才攻击我的人，应该就是她了。

第一章

也就是说,她也是本届大会的参加者吗?

"这是在干什么?即使这是一场比拼魔法的比赛,也不应该突然发动袭击吧?"我向她发问,她却继续哄着人偶,根本没在听我说话。

"哦,乖孩子,刚才害怕吗?已经没事了……"

我无法判断她是在演戏,还是真的把那个人偶当成婴儿。

于是,我从侧面悄悄地看向她的脸,观察她盯着那个人偶的眼睛。

"……"我打了个寒战。

毫无疑问,她的眼神是认真的。她坚信那个人偶就是自己的孩子。

是那个私奔后死去的男人和自己的孩子吗?

如果是这样的话,倒是有同情的余地……但是,这个女人已经失去理智也是事实。和她接触时要多加小心。

"呃……娜娜雷米夫人?"

我故意隐去穆诺吉塔贾哈尔这个家族名称,招呼了一声,她就朝我看了过来。

"嗯?"

她坦率地反问道,似乎已经忘记了刚才攻击过我的事。她好像对"夫人"这个称呼有反应,大概是以为自己的婚姻仍未结束吧?

"我叫弗洛斯·弗罗雷德,是希西巴尔共和国的魔导上校,奉命来到这里担任本届大会的见证人。你知道其他人在哪里吗?"

"哎呀,这么说你就是那位'克奇塔的英雄'吗?"她发出惊讶的声音。

虽然觉得该吃惊的人是我才对，但我还是含糊地回答道："嗯，算是吧"。

"我听说过你的名字。你好像解决了一桩重大事件——呃，是什么事件来着……唔，我肯定是听说过——呃……"

眼看她又要进入自己的世界，我不禁有些着急地问道："呃，比起这个，你能告诉我其他人在哪里吗？"

她却突然变了表情，大声叫道："请不要把我——不要把我和那些低劣的人混为一谈！"

然后，她抱着人偶转身跑开了。

我愣了一下，但很快就回过神来，开始追赶她。

"等、等等！"

跑着跑着，周围渐渐变得明亮起来。因为设置在墙壁上的照明物所发出的光量增加了。

但是，越是变得明亮，周围的黑暗就越随之增加。大概是因为墙壁上，整面雕刻凹陷处的影子在逆光下变得浓重，反而给人一种极不自然的感觉，仿佛这些光明就是用来衬托黑暗似的。光线照不到极高的天花板，上方几乎是一片漆黑，我甚至开始觉得自己掉进了一个深不见底的坑里。

娜娜雷米夫人进入了回廊的拐角。

我也追着她转了个弯，但是夫人已经不见了。我停下脚步。

眼前是一扇巨门。

"……"

因为没有其他的路可走，所以她一定是进去了。但是，如果要把手伸向这扇门，我不禁有些犹豫。

说起来很可笑，我觉得只要把手伸过去，好像就会被咬住。我摇摇头，赶走了自己的妄想。

门上没有相当于把手或门环的东西。我把手放在冰冷的金属门上，缓慢地做出推门的动作。

几乎没有用力，门就开始动了，还发出"嘎吱"的巨大声响。

我条件反射地缩回手，尽管如此，门还是继续打开了。就像是对接触有反应的自动门。

然后，巨门的另一边是一个宽敞的大厅，而且——有很多人站在那里。

总共有三十人左右——不，也许还有更多。所有人都在看着我。

那锐利的目光，仿佛是在看待敌人。

▼
③

"哎呀！这不是著名的英雄弗罗雷德上校吗？"

有人向我搭话。但是人太多，我不知道这句话是谁说的。

"你的登场方式真是出人意料。"

"居然远离传送地点，你是怎么来到这座城塞的？"

人们接二连三地发问,就像连珠炮似的,我无法做出反应。

"呃,啊……"

正当我茫然无措时,一个身影拨开人群朝我走来。

看到那个东西,我的表情变得有些僵硬。

那个东西是银色的,就像棍棒一样细长——手脚、躯干、脖子和无缝的头部,一切都是细长的。

"欢迎光临,弗罗雷德先生。感谢你作为见证人,参加本届极限魔导大会。"它就像人类一样,流畅地说出这些话。

然而,它不是人类。没有人类会长成这种宛若白银餐具般闪闪发光的棒状工艺品的模样。它甚至不是生物。

"我是拟人器U2R,负责本届大会的综合管理,请多多关照。"

那台机器向我鞠躬,宛如一名恭敬的管家。

我有些惊讶,没想到这种东西竟然还留存在世上。

拟人器是在很久以前就被禁止制造的魔法装置之一。魔导师与充斥于人世的诅咒进行沟通的才能会受到身体状况等因素的影响,所以要通过机械性的方法创造一名绝对不会动摇的魔导师——据说拟人器就是基于这样的构想被发明的,而这已经是两百多年前的事了。

但是后来,随着一经保存就可以随时施放咒语的咒符技术的发展,这种过于昂贵的拟人器就消失了。想来也是情有可原。要达成使用魔法这一目的,比起费尽心思从零开始创造一名魔法师,倒不如设法让精炼的魔法本身能够为任何人所利用。

第一章

　　这台长年保存下来的拟人器，恐怕是魔导师行会的财产。它也算是颇有年数的古董了，但这座紫骸城要比它更古老，从这个意义上说，拟人器确实很适合这座城塞。

　　"你怎么了？"见我不说话，U2R便问道。

　　"这座城塞的传送着陆点在哪里？"我提出了盘踞在心里的疑问。

　　"就在这里。"

　　U2R的回答很明了，它说的好像就是这个大厅。

　　我环顾四周。刚才还在关注我的人们已经移开视线，看向楼层的中央附近。尽管如此，我还是压低声音问道："我没能被传送到这里，而是到了别的地方。你知道这是怎么回事吗？"

　　听了我的问题，拟人器歪了歪光滑的棒状脑袋。

　　"我认为，我无法回答这个问题。"

　　"怎么回事？这是什么意思？"

　　"因为我无法区分这是你的主动行为，还是别人的行为导致了这种现象。"

　　它说得很干脆，我不禁屏住了呼吸。

　　没错，是我一时大意了。这就是极限魔导大会。不知道谁会对他人做出什么事来——这就是规矩。即便是实际不参与竞赛的见证人，规矩也是一样的。

　　"那么，我换个问题……在几分钟前，这个楼层范围内的魔导力发生过任何急剧变化吗？"

"不,没有发生过。"

"我知道了……谢谢。"

"不必道谢,因为我不是人类。"拟人器说道。

我有个习惯——即使我面对的是一匹马,只要它让我骑,我就会对它说"谢谢"。所以这时候,听了拟人器的话,我反而有些恼火。但是,现在不是生气的时候。

"我会有单间吗?"

"是的,所有人都是住单间。需要我带路吗?"

"明明有单间,为什么大家都聚集在这里?为什么……"

我正要发问,背后却传来一个特别美妙的声音。

"那是因为——很快就会有一位大人物抵达。"

我回过头。

一位美人就站在那里。

是一名宛若女性的男子。

光看面容,他就像一名还未显现性别特征的少年,但从他的举止和表情来看,又像是一名老成的贤者。

"英雄弗罗雷德,同样是知名人士,大家也对你相当关注,不过你毕竟是见证人,不会直接参与竞赛——因此大家并没有特别留意你的预定抵达时间。不过,我感到很惊讶。没想到你居然会用错开地点的方式传送到这座城塞来。"

那张如雕塑般端正的脸上,露出了爽朗的笑容。

第一章

"哎呀,我早就想见你一面了,弗罗雷德上校。我有个熟人对你赞不绝口,所以我一直希望有机会见识你这位人物。"

"请问你是?"

"我叫基拉斯特尔——基拉斯特尔·泽纳特斯·费尔法斯拉特。和你一样,作为见证人来到这座城塞。"

"你刚才说'费尔法斯拉特'?"

"是的。这个姓氏很常见,让你见笑了。"

"不,没有那回事——"

费尔法斯拉特是魔女李·卡兹出身的家族的姓氏。因此,从家系上看,他与李·卡兹可能有血缘关系。

"你知道当今世上,姓费尔法斯拉特的有好几万人吧?人们在自报家门的时候,就是想沾大人物的光,实在让人难受。要是有可能,我真想改个名字。"

他的嘴角勾起一抹笑容。看到这个笑容,我凭直觉感受到"这个人不好惹"。看似谦逊,实则充满自信。

就在这时,我终于意识到——基拉斯特尔这个名字,好像在哪里听到过……

"费尔法斯拉特先生,你从事什么工作?"

"叫我基拉斯特尔就好,我的工作当然是魔导师。"

"不,我不是这个意思,我是想问,作为魔导师,你从事什么工作……"

我的问题还没说完,他就回答了。

"嗯……无论立足点的差异多么悬殊,人类既然是生物,就必定存在世人共有的所谓'本能',它到底是以何种形态呈现——我的工作,算是对此进行研究吧?"

"呃……具体来说,是怎么回事……"

就在我提问的时候,我的问题又被打断了。

"哦——"周围响起了一片低吟。

我和基拉斯特尔朝声音传来的方向看去,大家都把视线投向楼层中央。

我看到人群的对面出现了闪电状的火花。

"怎么回事?"

"是上届大会的冠军驾到了。"

"上届冠军是谁?"

"是一个名叫尼加斯安格的男人。在防御咒语方面,他的实力是世界第一。据说就连著名的海贼岛首领——穆甘杜三世也是采用他的咒语来保护自己以防暗杀。你不知道他吗?"

"我们这些希西巴尔的乡巴佬,对行会中枢的情况不太了解。我能参加本届大会,算是特例。"

我实话实说,没有半点贪图虚荣的意思。而且,这番话里还隐含着对行会这种封闭式现状的批判。于是,基拉斯特尔笑了。

"哎呀,真是名不虚传。如此坦诚地说出真话来,在这里可算得上是宝贵的个性。"

这种说法,真不知道是在称赞我,还是在讽刺我愚笨。

"要过去吗?"他催促我。

我也多少有些兴趣,于是向楼层中央走去。

不可思议的是,只要基拉斯特尔往前走,人群就会自动散开。没有人抱怨"不要插队",不仅如此,他们甚至没有意识到自己正在为基拉斯特尔开辟道路。人们就这样自然而然地进行避让。

我只是跟在他的后面。

位于楼层正中央的东西,并不陌生。

那是由圆形和抛物线的复杂组合所构成的传送咒语的纹章。上面有多次反复修补的痕迹,显然是经历了相当长的岁月。

"这个纹章是最初的冒险者进入城塞时留下来的,后来就这样继续使用了。如你所知,这座城塞具有自我修复功能。就算在墙壁上打洞,也无法将洞口用作长久的入口。"

"也就是说,这已经是三百年前的东西了?"

"因为传送咒语是至今都未能完全解析的旧魔导时代的产物……即使过去了三百年,还是没有发明出比过去更好的东西啊。"

基拉斯特尔的语气明显带着对现代的侮蔑,仿佛在说"真不像话,不是吗",难道他是古代魔导的信奉者吗?

而且,他的姓还是'费尔法斯拉特'呢……

就在我这么想的时候,从纹章中心发出的火花终于消散了。"上届大会的冠军"很快就会到来。

"所谓的最强好手——弗罗雷德上校，尼加斯安格真的是最强吗？"

"这是什么意思……"

"哎呀，毕竟你很了解外面的世界。在你看来，除了极限魔导大会的参加者以外，应该还有其他被世界公认为最强的知名魔导师吧？比如，'完全霸军'的统帅罗德曼。"

"嗯……我有听说过。"

"但是，罗德曼是通过自学掌握魔导，所以别说加入行会了，他甚至没有上过魔导师学校。因此，他被魔导师的世界忽视了。恐怕世界各地都有这样的例子吧。于是，我的脑海里不禁浮现出这样的想法：'在这里考验的，真的是魔导的极限吗？'"

"……"

就我而言，即使他这么说，我也无法作答。我只会认为，这是贵族精英装模作样的韬晦。

"快看，欺骗之王驾到。"基拉斯特尔冷笑道。

正如他所说，闪光汇聚在纹章的中心，名叫尼加斯安格的男人正在那里显现身姿。

周围的窃窃私语传进耳朵里。

"哪怕是尼加斯安格，也要服老吧。"

"在防守方面确实是世界第一，但他实在太欠缺进攻的手段了。"

第一章

"恐怕已经不能像上次决赛那样,强行拖到胜负判定了。"

"真期待看他输了以后会露出什么表情。"

我渐渐有些不高兴了。在这里,丝毫不见对胜者的敬意,有的只是企图在胜者倒下之际取而代之的欲望。如果这是一场有普通观众的比赛,或许还能听到称赞胜者的欢呼声,但不巧的是,极限魔导大会是封闭式的比赛,大会的结果根本不为外界所知。如果在内部不受欢迎,就只会得到一片骂声。

"正是因为如此——"基拉斯特尔突然在我耳边低语。

我吓了一跳,但他毫不在意。

"——尼加斯安格在这个现身的时刻,必须对其他人形成威慑,不能表现出弱势。"基拉斯特尔说,"所以,值得一看。如果弄得太过夸张,输掉的时候就惨了,但如果弄得太过简陋,又会更加被人轻视,说他已是黔驴技穷——这个尺度,真的很难把握。"

他的脸上挂着嘲讽的笑容。

"……"

我有些不舒服。这名男子是从我的表情读出了我的想法吗?真是可怕的观察力和推理能力。

我突然觉得,自己根本就是不适应这个地方的野蛮人。因为在我熟悉的战场上,当敌人过于强大时,立即撤退是理所当然的。但在这里,为了"虚荣",逃跑似乎是不允许的。

"……"

正当我心情复杂的时候,纹章上的光芒终于消失了。

片刻之后,上届极限魔导大会的最优秀成绩保持者出现在这座紫骸城里。

出乎所有人的意料,与前兆时的灿烂火花截然相反,他以极其普通的直立姿势,突然出现在距离不远的半空中。

4

我在事前并不认识尼加斯安格这个男人。所以,当我看到两颊消瘦的他脸色铁青时,只觉得他有点吓人。

但这时,周围的人们似乎已经察觉到不对劲了。

我发现他们都困惑地皱起了眉头。

尼加斯安格的身姿完全显现,从空中安静地落在地板上。

这时候,我还什么都没注意到。

然而,这就是发生在紫骸城内部的恐怖事件的开端。

当尼加斯安格的脚碰到地板时,理所应当产生的脚步声却没有响起。脚步声是人的重量置于坚实的表面时所产生的声音。但在这种情况下,脚步声并没有响起。

相反,响起的是"唰"的一声,就像纸屑被揉成一团似的声音。我们不知道那是什么东西。虽然已经看到了眼前的景象,但我们根本无法理解这意味着什么。

第一章

当尼加斯安格的脚掌碰到地板的同时,他的脚踝弯折了。与此同时,他的膝盖也弯折了,双腿从中间折断,腰部变形,胸口也被压碎了。至于脖子,看上去就像在半空中停留了片刻,然后——

"嘶——"随着这种漏气似的声音,开始坠落。

"咚"的一声,硬物落地的声音终于在四周响起。

"呃?"

我们无法判断自己看到的是什么。那些散落在传送咒语纹章上的东西,只会让人觉得一切都像一场笑话。

一个原本完整的人如今散落在地板上——

这种事意味着什么,根本就不可能在这一瞬间明白过来。

"……"

当我沉默不语的时候,旁边的基拉斯特尔低声说道:"嗯,没必要确认生死。"

他的声音极其冷淡,我吓了一跳,转头看向他。

"你说什么?"

"不是吗?很明显,他已经死了。这肯定是一起谋杀。"

"谋杀?"

"是啊,不过是一起杀人事件,没什么稀奇的吧?"他用干脆的语气说道。

我的视线又回到了那具尸体上。那具尸体很不正常,没有一滴血流出来,仿佛已经干涸枯竭。所以从上面落下来之后,就"摔碎"了。

即便是刚一传送过来就立刻受到魔法攻击,这个效果也太惊人了……这样一来,难道是变成木乃伊之后才传送过来的吗?但也说不通啊!为什么要费心让我们看到这样一具尸体呢?

况且,在公开的记录中,这个男人是目前号称世界最强的防御魔法高手。到底是什么人,拥有将他轻易践踏在地的这股魔力?

"凶手"——没错,既然是杀人事件,就理应存在凶手。那个凶手,究竟是什么样的存在呢?

这完全超出了我的理解能力,我只觉得大脑开始不停地运转。周围那些愕然失色的人们,或多或少也表现出和我一样的反应。

但是——

"好——"

就在我们一脸茫然的时候,那个声音传来了。

"好,好,好——太精彩了!"

那是世间难得的美妙而清脆的声音,似乎充满了感慨。

我看向那个声音传来的地方,然后就傻眼了。

站在那里的是基拉斯特尔——不,不可能。因为他现在还站在我旁边。

而且,声音的主人,怎么看都是一名女性。她向前走了一步,就像顺势滑行一般,毫不犹豫地踏进了任何人都不敢进入的纹章内部。

那张如雕塑般美丽的面容,和基拉斯特尔一模一样。

难、难道这两个人是……双胞胎吗?

当我意识到这一点的时候,那名女性又继续说:"太精彩了,尼加斯安格爵士——你正是以自身为例,展示了回归诅咒这一魔导的典范。好!"

她就像唱歌一般自言自语,然后,让人惊讶的是,她竟然踏着舞步,唱起了在剧院里才会听到的那种合唱曲。

约尔

约尔

约拉历拉乌尔

约历拉欧尔

约诺拉谢伊尔

约基尔

约基尔拉尔

约尔

约尔

她的歌声响彻了寂静的紫骸城。

我不知道那是什么——不过,从曲调可以判断出,那应该是一首颂扬某些事物的赞歌。

女性一边唱歌,一边围着尸体翩翩起舞。

"……"

我哑口无言地看向基拉斯特尔，他却咧嘴一笑。

"是的，她就是我的姐姐——米拉洛菲达·伊尔·费尔法斯拉特。人们通常会用一个名字来合称我们二人。"他落落大方，语带自豪地说道。

这就是本人——弗洛斯·弗罗雷德和"通过制造两倍于战死人数的牺牲者来结束一场战争"而恶名昭著的战地调停士——"米拉尔·基拉尔"的相遇。

『苦难往往会以预想的形式出现,有时却又无法回避。』

——奥利瑟·库奥尔特

第二章

inside
the apocalypse
castle

1

　　所谓魔法的原理，简单来说就是对生命能量的二次利用。

　　这里所说的"一次利用"，指的是"活着"本身。当然，这会在死亡时结束。然而，某些生命的残骸会残留在人世，那就是构成被称为"诅咒"的魔力之源的能量。通常情况下，诅咒是看不到的，也无法被感知。但是，要说自万物诞生以来，这个世上积累了多少诅咒，哪怕不知道准确的数字，至少任何人都能料想到那会是极其庞大的储量。我私底下认识一名女史，她的工作显得有些不着边际——研究其他维度的异世界。据她所说，在那个异世界，人们将石油作为主要能源——生物的尸骸经过长年累月，最终会液化为石油。石油会燃烧，所以确实不至于派不上用场，但在储量上，诅咒肯定要远远大于石油。

　　通过使用诅咒，我们建立了人类文明，而且人类以外的动物拥有类似魔法能力的案例也不在少数。即便如此，对于"诅咒到底是什么东西"这个问题，目前仍然有许多不解之处。

　　但是，我们知道这种能量会对生物的"思维流程"产生反应。只要有反应，生物就能识别出诅咒的存在和力量，从而加以利用。

所谓魔导师,就是有能力控制这些思维流程的专业人士。换句话说,魔导师能够理解诅咒的心情。他们通过这种方式来感知充满于世界的诅咒,从中汲取力量。

以前,这种能力完全是出于天赋。能够与诅咒产生共鸣,进而使用魔法的人,只可能是与生俱来,因此他们都满足于由费尔法斯拉特家族所代表的一部分人来完全支配其他人的单极集中支配体制。

该体制的终极就是库拉斯塔汀·费尔法斯拉特——被称为"李·卡兹"的魔女。那股比任何人都要强大的力量,可以说是在家族血脉的尽头里熬制到最浓烈的产物。对于诅咒之谜,在留存的记录里,这名魔女曾经说过下述的话:"所谓诅咒,正是'世界的命运'。若是无法操纵世界本身,就没有资格自称'魔导'。"

但是,无论本身如何优秀,这样的东西终究是缺乏发展性。建立体系和归纳逻辑——这种理所当然的想法,多年来却受到单极集中支配体制的阻碍,直到李·卡兹的消失,让世界得以解放,才终于成为可能——这真是莫大的讽刺。

只要吟唱咒语,思考就会受到语言的牵引,然后产生诅咒的反应——以前只有特权阶级知道的这一事实,也是在当时普及开来。将咒语这种非日常用语念出来的时候,人们自然就会去思考这些语言,从而引导出诅咒的反应。

等到熟练度提高以后,即使不利用语言,只要进行同样的思考,也能够感知到诅咒。所谓魔导师,就是指那些"即使不吟唱咒语也能控制自身思维的人"，还有那些"随时都在感知诅咒，因而能够驾驭独特咒语的人"，相比已经完成解析和普及的咒语，独特咒语的等级更高。

集中精神的方法也是五花八门，例如有些人和我一样，哪怕没有必要，也会通过特意吟唱咒语来增强咒语的效果；有些人会想方设法延长法术发动所需的时间；反之，有些人在施展法术前则是不会进行与之有关的思考。更有甚者会通过自残或杀死活祭品来引发某种反应。

但是，所有的方法都有一个共同点，那就是"法术的性质不是由诅咒，而是由施术者本人来决定"。诅咒本身没有方向性，也没有诸如火之精灵、冰之妖精这些分类。或许它们悄悄地存在着，但我们还没有达到能够感知的水平。因此，火焰咒语、冰结咒语等咒语的种类都取决于施术者的思考模式是否适合，不存在偶然性。这是魔法的主要原则之一。

各种集中精神的方法，以及施术者对于法术的认知差异，总是藏着危险——不知何时又会出现另一个像李·卡兹那样可怕的怪物。

于是，为了使个体的独特性发展得更加均衡，极限魔导大会就这样举办了。

比赛规则非常简单明了。

"通过战斗，使得对方丧失战斗能力的一方获胜。"

除此以外，没有其他规则。战斗单位既可以是个人，也可以是团队。只要法术高强，人数几乎不重要。实际上，有一半以上的参赛选手都是个人。

"极限魔导大会"刚开始举办的时候，所有参加者都切身感受过李·卡兹带来的可怕灾难，所以过去的比赛内容极具实践性，对魔法的发展和研究做出了巨大的贡献。然而，两百年以上的岁月过去了，魔法研究的性质已经改变，如今的大会几乎只是有名无实，变成了给魔导师的履历镀金的途径。于是，特权阶级的统治就在这里成立了——这恰恰是大会当初想要避免的。

*

总之，那就是现在的"国王"吧……

我露出有些失望的表情，抬头看向台上的人。

"我在此宣布，第五十五届极限魔导大会正式开始！"

魔导师行会的统帅——沃尔哈夏公爵正在致开幕词。

这里是紫骸城最大的王座大厅，据传三百年前，李·卡兹坐在此处迎击奥利瑟·库奥尔特。

我环顾四周，从世界各地选拔而来的魔导师们在大厅里一字排开。

这群威风凛凛的魔导师，总共有五十四人。

就连在世界各地的战场来回奔走的我，在这里也看不到一张熟悉的面孔。战友中有好几名比我更为优秀的魔导师，但从事实务的人恐怕几乎没有机会出席这种场合。

聚集在这里的人们，穿着和举止各不相同，让人感受到世界之大，但他们肯定有一个共同点——有钱。因为向行会缴纳的保证金，即获得参加资格所需的费用非常高昂。

我再次想到了自己所在的地方。我坐在比他们高一层的裁判席上。当然，除了我以外，并没有其他参加者来自我的祖国希西巴尔。

公爵的致辞结束后，一个看似主持人的男人走了出来。

"接下来，有请各位裁判致辞。首先，有请本届大会的特别嘉宾，与风之骑士一起解决了'克奇塔失控事件'的英雄——弗洛斯·弗罗雷德上校！"

突然就被点名了。

我只好从座位上站起来，故意将视线投向略高的上方，以避开众人盯着我的目光，同时粗犷地说："我是受邀前来的弗罗雷德。能够从众多的魔导师之中脱颖而出，被选为'极限魔导大会'的裁判之一，我感到非常荣幸。那么，我就祝愿各位参赛选手发挥水平，进一步突破魔导的极限。"

几乎是一口气说完了。话音刚落，掌声响起，但我几乎不做任何反应地坐了下来。

如果地上有个洞穴，我真想钻进去。听到"英雄"这个称呼，我的心里还是不踏实。虽说是两人搭档行动，但实际上几乎是风之骑士希斯罗独自摆平了事件。我只是真正的英雄的附属品，不希望因此就得到人们的称赞。况且这样会让我觉得自己对希斯罗很失礼。

不仅如此……

这么随便就举办开幕式，真的好吗？

当然，也有上述这种情绪。明明发生了如此凄惨的死亡事件，而且原因仍然完全未知……

或许是为了维护行会的权威，所以不能改变大会的预定计划吧，反正我是无法适应这种做法。

其他座位上的裁判们也相继被介绍，此时正在说什么，我几乎听不进去。

不过，当介绍到那对二人组——"米拉尔·基拉尔"时，我也不由得猛地抬起头来。

"幸会。"

尽管两人是一同被介绍，从座位上站起来的却只有弟弟基拉斯特尔，姐姐米拉洛菲达仍旧坐在那里。

脸上挂着一副完全不感兴趣的超脱表情。

不过，这两个人到底是……

我是后来才知道米拉尔·基拉尔的事。

费尔法斯拉特的双胞胎——正如他们自述的那样，这个姓氏在当今绝对不是荣耀之名，一流或接近一流的魔导师中已经没有人会使用这个名字——本应是这样的。

这对姐弟似乎身世不详。他们出生在东方的某个国家，但据说那是个毫无特征的地方，也不确定是否有魔导师学校的正式毕业记录。不过，两人所属的组织是"七海联盟"这一拥有世界性势力的超国家组织，担任的职务更是"战地调停士"——世界上仅有二十三席的特殊职务。只要他们提出要求，数万的雇佣军就会立刻举兵讨伐，这就是两人所处的立场。因此，即使没有名门贵族的出身作为后盾，这对姐弟也拥有无人胆敢轻易违抗的地位。

　　然而，两人之所以作为裁判受邀参加本届极限魔导大会，并不是因为他们所属于七海联盟。在过去的几年里，两人横扫了由世界各地的贵族举办的各种魔导师竞技赛，几乎拿下了大部分的冠军。虽然也有竞技赛未被他们拿下，但那好像是比赛本身被宣布无效的缘故。而且，他们获得的冠军数量竟然有过百之多，虽然专注于实务的我怀疑是否真的有这么多魔导师竞技赛，但是归根究底，还是米拉尔·基拉尔赢得太多了。

　　再这样下去，这对双胞胎很可能会控制整个行会。特权阶级的魔导师们会担心也是情理之中，于是他们采取了惯用手段——迅速的怀柔策略。在这对双胞胎赢取最高权威的竞技赛——极限魔导大会的冠军之前，就预先认可两人的地位，授予一个勉强还算体面的裁判职位，以达到"招安"的目的。

　　被不恰当地吹捧为英雄的我，其实和这对双胞胎的处境差不多。但不知为何，我总觉得自己和这两个人是绝对不相容的。

作为魔导师是超一流的，但在同行之中没有权威背景——这两个人来这里，到底是出于什么目的呢？

基拉斯特尔咧嘴一笑，对不愿起身的姐姐毫不在意，开口说道："唉，说实话，这就是一场闹剧。"

他显得有些失望地举起双手，然后吐出了一连串荒唐的话。

"如各位所知，这个大会不过是有名无实，对提高实际的魔导技术根本没有任何用处。难得有机会使用这座能够吸收所有魔力，因而最适合用来实验大型输出魔法的紫骸城，结果施展出来的咒语却都是那些小家子气的、除了给对手下绊子以外毫无用处的东西。这种比赛根本没有未来可言——我和姐姐曾经都是这么想的，但是……"

这个宛如人偶一般，五官端正的美男子环视着大厅里的人们。

"这次的情况似乎有所不同。我还不知道是谁，但这里确实有人不拘一格，正在向魔导的极限挑战——那就是杀害尼加斯安格的人。这一行为是在揭露人类生存过程中必定存在的'本能'的实态。这还真是——太让人兴奋了！"

露出满脸笑容的同时，他的身子也颤抖了一下。

"'凶手'同学，你到底是谁呢？不，没有必要在这里现身。不过，你大概甚至想要杀死这个会场的所有人吧。好想法，就应该这样！如果施术者之间不以性命相搏，又怎么称得上'极限魔导'呢？你就是伟大的挑战者。而且……"

基拉斯特尔的视线再次在周围移动。

"最重要的是，在场的所有人都是幸运儿。你们面临的是百年不遇的绝好机会。只有在这起事件中存活下来的人，才有资格自称为'命运征服者'——换言之，是真正意义上的魔导师。我很期待各位的表现！"他就像独角戏演员那样朗朗地说完，然后又恢复了沉静的表情，回到座位上。

在他的身边，姐姐米拉洛菲达不为所动，仍旧平静地坐在那里。

空气仿佛冻结了一般，只有冰冷的寂静支配着大厅。

"……"

"……"

"……"

"……"

除了双胞胎之外，包括相关人员在内的一百一十七人全都说不出话来。面对这种史无前例的"动员"，所有人都不知道应该如何应对。

——除了那个以沉默回应的"凶手"。

▼
◆2◆

此后，开幕式草草结束。每个人都紧闭嘴巴，快步离开大厅。大概是要返回单间，为几小时后开始的评审会比赛做好准备吧。

我却独自来到了那场可怕的惨剧发生的地方——传送纹章所在的

楼层。

周围的走廊仍旧昏暗无声,但因为已经走过一次,所以感觉不像刚才那么可怕了。

事件本身被简单地定性为"尼加斯安格的个人失误",即便实际上根本不可能。"那个老头儿在自己的咒语上栽了跟头,最后自取灭亡",这是大会执行委员会的官方意见。

我不太了解尼加斯安格这个人。但是,这种事怎么可能啊?

只有这一点我可以断言。正如基拉斯特尔所说,我认为这是一起杀人事件。

一般来说,传送咒语来自委员会提供的咒符,而不是当事人自行准备的。假设尼加斯安格的目的是在设想周围有观众的前提下进行演示,他也不可能对自己施以如此具有毁灭性的咒语。

我独自站在传送纹章前沉思,听到有人打招呼。

"你在做什么?"

我回头一看,拟人器U2R正站在那里,手里拿着清洁工具,应该是来打扫的吧。

"我在想事情。你[1]管理这个大会有多久了?"

"我之前也说过,我不是人类,而是机器,所以不必对我以礼相待……"

---

[1] 日文原文中的"君(きみ)"多用于称呼身份地位与自己相等或低于自己的人,有亲昵之意。——译者注

U2R说到一半，我就打断道："你是机器，理应听从人类的命令吧？"

"正是如此。"

"那就让我这样称呼你吧。这是命令。我不习惯把对话者单方面地视为'仆人'。"我有些不高兴地说。

于是，U2R歪了歪与头部融为一体的银色脖子。

"既然你这么说，那就请便。"

我点了点头，表示赞同，然后再次提问："你对尼加斯安格的死有什么看法？"

"按照官方说法，那是一起事故——"

"让官方说法见鬼去吧！"我怒吼道，"我是在问'你'！你是拟人器，比人类活得更长久。况且你肯定已经管理这个大会超过一百年了。相比普通魔导师，你肯定知道更多的魔法咒语知识。所以，你以前见过人类以那种方法死去吗？发生那种'事故'的可能性有多大呢？"

"……"

U2R做出了不多见于机器的行为。他表现得犹豫不决，吞吞吐吐。

"那种可能性——我只能说'无法想象'。我从未见过那种魔法现象，所以完全没有相关的信息积累。"

"嗯，真老实。"

我点点头，然后又对机器说："U2R，这个问题我之前也问过。

传送来这座城塞的时候，只有我被传送到不同的地方，这是出于什么原因，你有头绪吗？我没有操作过什么，所以肯定是由于外部干扰。而且，在我之后传送到这里来的尼加斯安格爵士就出事了，我认为这两件事之间是有关联的。"

"确实，我认为你的看法是正确的，但你希望我怎么做呢？"

"这个问题该由我问你。你是怎么看待这起事件的？"

"我没有感情，所以不存在所谓'印象'。"

"可是，对为服务人类而生的拟人器来说，有人在原因不明的事态下死亡，这难道不是一项'不稳定'要素吗？"

"你说得对。"

"有人在你面前被杀，你有办法置之不理吗？"

"我没有被设计成武器，所以假使我所处的立场能够防止那场悲剧发生的话，那样的事态就会从根本上动摇我的逻辑回路。"

这番话很难懂，但总而言之，他的意思就是"不希望有人死亡"吧。我点了点头。

"既然如此，希望你能协助我。我不能对这起事件置之不理。"

听了我的话，机器做出略微歪头的动作。

"这种感性就是所谓的'正义感'吗？"

这个问题让我思考了片刻。

我并不是多么正义的人。我不认为自己身上有如此了不起的品格。

但是——

紫骸城事件

如果希斯罗在这里，他一定会毫不犹豫，哪怕要排除万难，也会尝试解决这起事件。

"与其说是正义，不如说是危机感。我觉得灾难正在逼近这座紫骸城，而我身陷其中，所以有必要采取行动，阻止灾难发生。"我从自己的立场出发，诚实地回答。

"原来如此。"

"这个理由不够充分吗？"

"不，我认为你的目的非常明确。"

U2R向我行了一礼。

"那么，我们就从现在开始合作吧。幸好我是裁判，不直接参与比赛。即使你助我一臂之力，大会也不会失去公正性吧？"

"如你所愿。"

于是，我们这对由乡巴佬军人和落伍机器拟人器组成的奇妙组合就这样展开合作了。

*

那堵墙，矗立在我的面前。墙壁大得吓人，黑漆漆的，摸上去也只是感觉冷冰冰的，完全想象不出它的厚度。它的高度是成年男性身高的十倍以上，宽度也差不多，整面墙壁就是一个正方形。

即使已经被告知，我还是无法相信这是一扇"门"。

第二章

"连通外面的入口,真的只有这里吗?"我回过头,向U2R问道。

拟人器点了点头。

"是的,李·卡兹只在紫骸城的这个地方设计了类似'城门'的构造。而且,正如你所见,这扇城门是完全焊接的,根本不会移动。恐怕是另一名魔女奥利瑟·库奥尔特对这里进行破坏,强行打开城门后,作用于城塞整体的自我修复功能将这里的东西修复成了一个整体。"

"这样的话,任何人都无法从这里入侵吧……"

紫骸城的材质会吸收魔力,所以魔法的攻击是无效的,更何况这座城塞现在位于巴特洛古森林之中。哪怕动用一国军队,也不可能在运输足以摧毁这扇城门的装备的同时,神不知鬼不觉地潜入这种周边都是怪物、连一流冒险家都难以攻克的魔境。

"而且,唯一的传送纹章就在指定的地方,所以利用传送咒语潜入城内也是不可能的。只有提供给大会参加者的不可复制的咒符,才能激活那个传送纹章。"

"果然。就像基拉斯特尔所说的那样,只能认为凶手就在大会的参加者之中吗?"我再次低叹道,"但是,这样做到底有何目的?凶手是对所有魔导师都有怨恨吗?但他本人也是魔导师啊。"

"人类的精神太过复杂,作为机器的我无法做出判断。"U2R平静地说。

虽然我是人类，但是我也有同感。

唔？等等，要说无法理解……

我忽然想起入城后最初遇到的人——抱着人偶婴儿的娜娜雷米夫人。她确实说过，她憎恨他人——

她的魔力水平怎么样呢？

虽然不知道夫人是否是凶手，但在明显存在我无法理解的人物的情况下，至少就动机而言，否决可能性这种想法是很危险的。

想到这里，我就想知道所有参加者的详细信息了。当我询问U2R的时候，他告诉我："我有大会参加者的名单，马上就为你准备。"

但是，我们已经没有时间了。因为开幕式的一小时后，预定要进行裁判团的事前协商会议。我必须出席这场会议，U2R也必须完成赛前的各种杂事。

我们互道小心，然后就分头去完成各自的工作了。

独自走在昏暗的紫骸城回廊上，我感到有些不可思议。

也许是因为这里太大了，我没有碰见任何人。

明明是这样，却总觉得有人跟在我身后。

回头一看，当然是一个人也没有。虽然心里很清楚，但我还是忍不住一次又一次地回过头去。

有人在观察我。

这种感觉萦绕着我，挥之不去。一股莫名的不安涌上心头，无法抑制。与其说是不安，不如说是别扭。无论是吸气还是呼气，我都觉得有些微妙的不自然。

总觉得……喉头发涩。这到底是怎么回事？

这究竟是紫骸城这座建筑本身所具有的魄力，还是我脆弱的内心所产生的幻影，我无法做出判断。

3

"那么，我要提醒各位裁判。"

一看就知道大会裁判长佐恩·唐是个"死人"。那种不协调、不表露任何感情的表情，是"死人"特有的。

"首先……"他的语调平淡，但脸上的表情会不时扭曲成奇怪的形状。肌肉会朝着他本人也没有意识到的方向移动。

所谓"死人"，是指一度完全死亡，但在错过时机的回生咒语的作用下，再次恢复生命活动的人。不同于一般意义上的"九死一生"的人，"死人"不会保留以前的意志或人格。我不知道这种说法是否正确，但最恰当的描述就是"灵魂消失，别的东西填补进去"。所以现在的他，和过去曾经活在世上的那个有着相同面孔的人，已经是截然不同的两个人了。

然而，只保留了知识的"死人"不在少数。虽然对自己的家人和喜好全无印象，但在语言和工具的运用这些方面，他们的技能和以前相差无几，有时甚至会更加熟练。

这个佐恩·唐的魔力似乎就是比"生前"更强了。否则，他也当不了本届大会的裁判长。

"各位有什么问题吗？"

结束说明后，"死人"把目光转向就座的我们。他的两只眼睛分别朝向不同的方向，聚焦在不同的事物上。

我也跟着他，环视裁判们列坐的座位。

裁判一共有二十人。空位有两个，换句话说，包括我在内，裁判的名额是二十三人。男女各占一半，年龄参差不齐。既有老人，也有看起来仍像孩子的年轻人。几乎所有人都是不折不扣的贵族，似乎没有人像我这样实际使用魔法来进行战斗或土木工程。

两个空位是并排的，估计是"米拉尔·基拉尔"的座位。两人都不在这里。毕竟刚才说了那么多狂妄的话，我也料想到他们可能会被赶出去，所以并不意外。

令人惊讶的是，那个娜娜雷米夫人也在这里，而且还坐在副裁判的座位上。因为她在开幕式上没有致辞，所以我没想到她也是裁判团的成员之一。

"哎，乖孩子——"

娜娜雷米夫人一边嘟嘟囔囔，一边小心翼翼地抱着那个金属人偶，慢慢地摇晃着。她似乎以为自己在哄孩子。我知道周围的人都刻意不去看她。应该是觉得多一事不如少一事吧。

她为什么会参加这个大会呢？我又产生了疑问。

"佐恩·唐裁判长，我有一个问题……"和我相隔三个座位的男人询问"死人"。

"怎么了，科拉斯特先生？"

"呃……就是关于尼加斯安格爵士的死因。"这个名叫科拉斯特的男人有些难以启齿地开口。

"那真的是一起事故吗？我在上届大会担任了尼加斯安格爵士所参加的评审会的裁判，他是一个非常谨慎的人。当时他说，除非反复试验过，否则他不会使用新开发的法术。我实在难以想象，这样的一个人会在单纯的传送咒语——而且是只要按照咒符的指示去做就能完成的传送咒语的吟唱上失误。"

他的话很有道理。

"嗯。"

佐恩·唐似乎想皱眉头，但他的眼睛却瞪得溜圆，极为不合时宜。

"你是对大会执行委员会的官方意见有异议吗？"

"不、不是，不是这样的。我是想说，即使是事故，这座紫骸城里是否也发生了某些异常事态呢？毕竟，这里是有历史的地方——说不定这起事故就是这座作为魔法装置的城塞发生了故障。"

"我们没有观测到这种现象，没有什么可担心的。"

"但、但是……"

科拉斯特正要继续说下去的时候，一个刺耳的声音突然响起。

"那是诅咒！"

我们全都转向那个声音的方向。发出声音的是娜娜雷米夫人。

夫人抱着人偶，狠狠地瞪着所有人，继续说道："将尼加斯安格爵士撕碎的，就是支配着这座紫骸城的咒斗神——李·卡兹的诅咒！长年以来，污秽之人践踏了这座神圣的紫骸城，现在他们的报应就落到了我们头上！"

她的眼睛炯炯有神，脸颊涨得通红。显然，这是心醉神迷的表情。

坐在她旁边的一个上了年纪的男人把手搭在她肩上，试图让她坐下。

"你不应该说这种欠缺考虑的话，娜娜雷米。你能被允许坐在这里，是因为你仍然是穆诺吉塔贾哈尔家族的成员。正常情况下，以你那极低的魔力，就不应该在这里就座，更没有资格参加极限魔导大会。"

这个男人应该是负责监督她的人，否则就不会对她直呼其名。

"我根本就没有意愿参加。既然是穆诺吉塔贾哈尔的同族会和你这种家族分支的人擅自决定的事情——那就无论我说什么，都没有理由被人说三道四！"

"穆诺吉塔贾哈尔家族之所以一定要参加这个大会，是因为我们是第一届大会的发起人之一。你是打算玷污这段光荣的历史吗？"

"杀死我丈夫的穆诺吉塔贾哈尔的荣誉，我根本就不在乎！"

夫人歇斯底里地叫嚷。

原来如此……

即使是我这个局外人，也多少掌握了一些情况。

恐怕历史悠久的穆诺吉塔贾哈尔家族，现在已经没有优秀的魔导师了。听说本家的前代家主在不久前去世，怕是除了娜娜雷米夫人以外，家族里已经没有其他人才有能力参加这个大会了。一定是年纪太小，或者年岁已高了。

因此，她是裁判，而且是副裁判。但别说挑战极限魔导了，她可能连像样的魔法都不会用吧。

不过……偏偏是李·卡兹的诅咒……

这句话，对于所有的魔导师来说都是禁忌。

因为，虽说最后与宿敌同归于尽，但凭借那股压倒性的魔力，做尽了破坏和杀戮之事，践踏了全世界的李·卡兹，居然会如此轻易地消失得无影无踪——这个困扰世人的谜题，即使是三百年后的现在也仍旧未能解开。而且，最煞有其事的说法就是——"李·卡兹在临死前对全世界施加了诅咒，当诅咒的时限到来时，世界将会毁灭"。

因为没有感知到这种诅咒的存在，所以上述说法是无稽之谈——任何人都不敢自信地断言。这样的状况，就像在嘲笑所有的现代魔导师："你们充其量就是在李·卡兹的手心里跳舞的人偶。"所以，没有人会提起这种说法。毕竟说了也没用，打个比方，就像有人提问，"大家都不想死，但为什么死亡这件事还是存在呢？"这样的问题只会让人无法回应。

然而，娜娜雷米夫人却得意扬扬地坚持这一主张。

"你们以为这里是什么地方呀？这座紫骸城是李·卡兹为了与奥利瑟·库奥尔特对决而建造的，城塞本身就相当于一件巨大的'凶器'。都进入城内了，却还说'没有那回事'，我实在无法相信你们这群神经质！"

她这样喊叫着，但马上又改变态度，用温柔的声音说："哎，乖孩子，什么事都没有，不怕。"

这是在哄怀里抱着的金属人偶了。

"才不想被你说什么神经呢"，正当所有人都不由得在心里这样嘀咕的时候，"死人"佐恩·唐平静地说："娜娜雷米·穆诺吉塔贾哈尔女士，实际上我们魔导师行会在这里举办极限魔导大会已经超过两百年了。但是，我们从未观测到这样的诅咒，至今也没有人因此被杀害。如果真的存在李·卡兹的诅咒，这个诅咒却没有在更早的时候发动，那不是很奇怪吗？你能对此做出解释吗？"

条理分明的话语和乱七八糟的表情显得完全不协调，但这番话确实很有说服力。

然而，有人却插嘴道："这个原因，一句话就能解释。"

所有人都回过头去，只见"米拉尔·基拉尔"两人就站在会议室的门口。

"你们——"

佐恩·唐大概是想说"不必出席"，基拉斯特尔却打断了他，大声说道："'为什么至今为止，进入紫骸城的人都没有被杀害'？简而言之，他们只是碰巧运气好而已——这个答案，你觉得如何？"

双胞胎中的弟弟用挑衅的表情环视我们。

"对此，有人能反驳吗？"

"这是谬论。按照常识，就概率来说是不可能的。"

听了佐恩的回答，这次轮到姐姐说话了。

"真让人惊讶。"她平静地说。

"怎么了？"

"原来'死人'先生能够用自己的常识来衡量李·卡兹吗？好，那么本届大会结束后，是否可以请你另外建一座紫骸城呢？"

"什……"

佐恩·唐的脸色发青。即使是他那种不自然的表情，也明显变成了那样的神色。

"真是胡说八道——资金要从哪里来？"

这个问题立刻就被弟弟回答了。

"我们会让七海联盟来支付这笔资金。"

过于简单的一句话，让在场的所有人都张大了嘴。

弟弟却毫不在意，坦然地说："至于目的，当然是为了将其建成无敌的要塞。一座不受任何大规模魔法攻击的影响，坚不可摧的根据地——我们可以把联盟总部设置在那里。建城的土地大概会是一个问题，所以要不就买个无人的孤岛吧。"

"我、我怎么可能做得到！"

当佐恩·唐发出如同惨叫的声音时，双胞胎一同露出了冷漠至极的表情。

"那就别提什么'常识'了。"两人只是丢下这句话。这种没有温度的态度，简直让人无法分辨哪一边才是"死人"。

弟弟甚至还要乘胜追击："作为弱者，你有资格摆出得意扬扬的表情，对与魔导的根源，即天命有关的这座紫骸城大放厥词吗？"

"呃……"佐恩·唐说不出话来。

沉默了一会儿，刚才发言的科拉斯特战战兢兢地问道："但、但是……你们之前不是说，那是一起杀人事件，存在某个'凶手'吗？既然如此，就不可能是李·卡兹的诅咒了吧？"

"嗯，看来还是有一个人听我说话了。"基拉斯特尔把脸转向他。

"正如你所说，那就是我们的看法。不过，那也只是其中一种可能性——我认为'李·卡兹的诅咒'，也有充分的可能性。"

"你、你真的相信'李·卡兹的诅咒'吗？"

科拉斯特正说到一半，娜娜雷米夫人就发出了尖叫声。

"不是相信或不相信的问题！因为我们不能无视事实！"

基拉斯特尔毫不在意，语气平静地说："问题是，不管是杀人事件还是李·卡兹的诅咒，我们都只有一条路可走——设法在这场'攻击'中存活下来——仅此而已。至于真相，在某种意义上根本不重要。"

"但、但是……"

"虽然身为裁判,但我们也是本届极限魔导大会的参加者,这一点是不变的。既然如此,我们就应该竭尽魔力,拼上性命,应对这一事端。"基拉斯特尔一脸得意地说。

一直保持沉默的我,因为越来越不舒服,终于下定决心站了起来。

"你们相信吗?"我问双胞胎。

"啊?"

"你们之前批判极限魔导大会为一场闹剧——为什么面对这种有人丧生的事态,你们却要号召大家'竭尽魔力,拼上性命'?你们应该知道,根本没有人会有这样的觉悟吧?"

"啊,这位英雄大人。"

姐姐米拉洛菲达看着我,她的眼睛就像在眺望远方。

"既然你这么说,看来你是已经有所觉悟了。不愧是风之骑士的朋友。"

听到希斯罗的名字,我有点猝不及防。

确实,希斯罗是七海联盟的派遣将校,即使认识这两个家伙也不奇怪。

就在我这么想的时候,米拉洛菲达继续说道:"无论是那名骑士还是'E.T.M',即便是如此颓废的世界,也仍然会有强大的人存在。因此,就我而言,我相信即使是这种大会,也会有人愿意去接近真相。"

我完全不知道她在说什么。还有,"E.T.M"到底是谁啊?

我有些困惑,但是该说的话还是得说。

"这起事件到底是怎么回事,你们已经有头绪了吗?"

"哎呀。"

"这该怎么说呢?"

两人用调侃的口气回答。但是,无论如何我也要问个清楚。

"你们双胞胎不会是'凶手'吧?"

语毕,我就集中精神观察双胞胎的表情。

然而,两人却露出了奇怪的惊讶神情,然后一齐笑了起来。

"咯咯咯""呵呵呵"……他们的笑声越是优雅,就越是让人觉得刺耳。

"有什么好笑的?"

我追问道,基拉斯特尔就笑着回答。

"嗯——或许你说得没错。实际上,如果做得到的话,我们或许就已经这么做了。这个观点很犀利,不愧是弗罗雷德上校。不过,你太抬举我们了。我们还不知道'凶手'做了什么。作为魔导师,米拉尔·基拉尔还未能抵达'凶手'所处的位置。但是——"

说到这里,那张俊美无比、五官端正得让人害怕的脸上露出了笑容。

"对于不偏袒交战两军中的任何一方,只从局外观察状况的战地调停士而言,这起事件算不上问题。"

怎么说呢——他那种爽朗的笑容，就像在和烦闷的东西告别似的。这让我感到非常不安。

"那么……作为战地调停士，即使无法解开这个谜题，你们也能圆满地解决这起事件吗？"

"是的。倒也不是不能帮这个忙——但我们要价不低哦。"基拉斯特尔咧嘴一笑，"'战地调停士'的介入，就意味着七海联盟军真的要出马了——如果魔导师行会愿意接受七海联盟的管辖，我们自然是随时乐意效劳。"

他的语气和眼神，完全是动真格了。

我也知道他所说的是事实。"凭借伶牙俐齿和文韬武略，甚至会扭转历史潮流"的特殊战略军师——"战地调停士"上阵，就意味着这么一回事。

"我们没有授权这样做！"佐恩·唐忍不住插嘴道，"而且，那是一桩事故！就是这样，问题已经解决了。不可能再给其他人造成伤害！"

"死人"脸上的肌肉发生了剧烈的痉挛。他的脸颊和眼睑都在轻轻地跳动着。

"米拉尔·基拉尔——你们不必在本届大会上担任裁判了，我会让其他人来代替你们！对了，弗罗雷德上校，就拜托你了！"

"让我……代替他们吗？"

我刚才正好站起来和"米拉尔·基拉尔"说话，佐恩·唐就对我随手一指。他的行为里没有任何意志，大概只是想尽快把"米拉尔·基拉尔"赶出会议室吧。

"原本分配给他们的第一评审会的工作就由你来负责。之后的工作会和大家商量后再决定……无论如何，你确实是靠得住的人。"

"这样啊……"我有种不祥的预感。

"总之，没有任何问题！一切都在顺利进行，我们也必须保证一切顺利。"佐恩·唐坚定地说，但他的声音有些变调。

"哎呀，我的乖孩子——"安静的会议席上，只有娜娜雷米夫人哄着铁制婴儿的声音在回响。

意外的是，"米拉尔·基拉尔"顺从地离开了。然而，米拉洛菲达离开时的一句低语，奇妙地萦绕在我的耳边。只听她呢喃道："无益——人世间，唯有事件。"

她的声音，宛如清澈的溪流。

▼
❹

"第一评审会将在名为'黄昏之间'的大厅进行。你负责的是马奇雷主教对战库莫斯米法士的第三场比赛，以及原本由'米拉尔·基拉尔'负责的第十二场比赛。"U2R正在向我说明。

"第十二场比赛是战士特里亚兹对战拉马德大师。"

"这些名字我都没听过。他们全都来自上流社会吗？"

"是的，尤其是拉马德大师。他是里巴丹公国魔导战士团的首席顾问，上次败给尼加斯安格爵士，排名第八。"

"这种人大概不会轻易服从裁判吧？哎呀，真叫人头疼。"

U2R没有理会我的抱怨。

"战士特里亚兹的立场和你比较接近。他是佣兵，在各地被授予了好几枚勋章，是支付了自我推荐金才得以参加这届大会的。"

"但是，我没听说过他的传闻。"

我认识的上流魔导师不多，但却相当了解优秀的佣兵。特里亚兹这个名字我还是第一次听说。

"他提交的资料似乎没有问题。"

"你知道事件发生时，那个特里亚兹在哪里吗？"

"很遗憾，我不知道。但是，他当时不在传送层。我确认过所有人的脸，其中没有特里亚兹。"

"这样啊……"

我简直要将这些可疑的人都当成凶手了，但依据却只有我模糊的记忆。比起事件，我姑且打算先把注意力放在裁判的工作上。

魔导赛场比普通的格斗技赛场要宽敞得多。而且，即使出了赛场范围也不算犯规。

判定胜负的条件始终是"对手失去战斗能力"。例如，无论你吟唱多少火焰咒语，如果对手的冰结咒语太强，导致热量根本没有上升，而且对手此时还有余力的话，就算你输了。

判定胜负的是我们裁判，一旦判断稍有失误，输掉的一方就很可能受到致命的打击——理论上是这样的。

实际上，所有魔导师都绝对不会施展可能失控的大规模咒语，而是只针对这个规则，在小范围内进行对抗，最后把对方逼入死胡同——这是基本的战术。

裁判的主要工作，就是在小范围内判定哪一方已经无计可施。至于是否有人对此提出异议，几乎取决于裁判的地位和立场。

但对于没有靠山的我来说，就只会考虑公平性。

过去，也就是这个大会刚开始举办的时候，人们确实是抱着"魔导师的技术提高会创造新世界"的愿景，还为此真心实意地赌上了性命。

但是现在，这个大会好像已经变成了对魔导师行会内部的势力范围进行确认的存在。当判定有争议时，就会由现任行会统帅——沃尔哈夏公爵来做最终宣判，不过据说这种情况从未发生过。一般来说，在提交最终宣判前的审议会上，就会决定裁判是否错判，如果被定为错判，那么这个裁判就会被副裁判替代。

就我而言，我的目的是提高祖国在行会内的地位，所以只希望能避免这种因错判而从裁判降级的状况。

然而，这届大会本身却因为一起事件而变得充满火药味。说不定这次真的有人打算通过无情的一击葬送对手。

而且，根据上述规则，即使杀死对手也不会被取消资格。

在这种情况下，我有能力去阻止吗？

当我在等候席上倍感紧张的时候，第一场比赛似乎已经准备妥当。负责准备赛场的U2R正在离场。

我打算通过观察这场比赛，设法掌握自己决定胜负的标准。

但是，自从进入赛场后，对战双方除了略微活动一下以外，根本没有采取任何行动。这也许是令人窒息的对峙状态，两人都只是等着对手先施展魔法，自己却不出手。

唉，他们在干什么啊？看得让人着急得受不了。

不久，其中一方终于开始行动，放出了细小的闪电。但闪电不是飞向对手，而是落在了他脚边的地板上。由于紫骸城的吸收作用，闪电很快就消失得无影无踪。

这根本算不上佯攻啊。

无关乎我的焦躁，对战双方根本没有表现出战意，只有时间在缓慢地流逝。

但是，这种停滞的状况却在接近尾声时发生了戏剧性的变化。

突然，其中一方魔导师的身体飘浮了起来。

那是刚才放出微弱闪电的魔导师。从他惊讶的表情来看，这应该是对手的攻击所致。

他从地板上浮起来，保持着相同的姿势在空中转了一圈。

然后，被摔了下去。

不过，就在他几乎要撞到地板的时候，突然出现一个气垫，他就这样弹跳起来，回到原来的位置。

返回的同时，攻击已然开始。

几根火焰线向对手延伸，对手则是正面迎击。

火焰线立刻变成了冰柱，冰柱再顺势变成长枪，以高速朝着他飞去。

情急之下，他制造了一道空气墙来抵挡冰柱长枪，但不可否认的是，他已经明显处于劣势。

刚才让他浮在空中的攻击再次发动。看来这是飞翔咒语的一种变形，不是用来让自身飞翔，而是用来夺走对方的身体平衡。

这一次，他再也无法闪避了。

他被狠狠地摔在地上。胜负已分——所有人都是这么想的。

紧接着，让人难以置信的事情却发生了。

对手正准备给他致命一击，却突然被绊了一脚，摔倒在地。我们简直不敢相信自己的眼睛。

对手竟然踏在自己刚才发射的冰柱上，所以就滑倒了。虽然是漫不经心的失误，但我总觉得有些不对劲。

对手就像看不见落在地上的那几根冰柱似的。只见他站起来，又踏在那上面，然后滑倒了。当他用手支撑着试图起身的时候，那里又是冰柱。

这个对手没有注意到冰柱的存在。

明明是他刚才使出的招数，现在他却感知不到了……

！

我恍然大悟。这个魔法难道是……"印象迷彩"？！没想到会有人用这么特殊又古老的咒语——他究竟是在什么时候施展的？

这时候，刚才被飞翔咒语摔在地上的魔导师也站了起来。

他的表情有些茫然，但朝着仍旧被冰柱绊住脚步的对手，精准地发射了一道闪电。

对手被冲击吹飞的同时，比赛结束的钟声也敲响了。

印象迷彩咒语——这是一种针对感官施展的咒语，如果要分类的话，属于"幻觉类"咒语。比如说，如果是火焰咒语，就会实际产生火柱，导致地板被烧焦，但如果是印象迷彩咒语，就只会给被施术者灌输"灸热"的感觉，即使在周围的人看来似乎无事发生，被施术者本人却会痛苦得满地打滚。

在过去那个魔法还是超凡力量的时代，人们认为物理力量并不是魔法，只有"影响人的精神"的力量才是魔法。

李·卡兹消失之后，许多不成熟的魔导师陆续涌现，他们认为自己将成为新的统治者。与此同时，将拥有过人魅力的魔导师奉为领袖，仅以其能力为绝对真理的团体也泛滥起来，相互之间反复进行无休止的谩骂和攻击。

这种行为并没有带来任何对未来的展望，相反，甚至有人开始宣扬某些奇怪言论，例如"世界不久就会灭亡""只有我们的尊师才是拯救全人类的救世主"等，最终这些团体都逐渐被时代淘汰。没有未来的人就只有消失的结局。

与此相对，对魔导的追求变得更为现实，开始进入了学问和理论的范畴。

不知是否因为这个原因，很多人都认为印象迷彩是前时代的原始咒语，到了现代，它就只适用于对身负重伤而导致药物无法及时起效的患者施行麻醉。因为可以用咒语将疼痛的感觉从肉体上消除，所以比起魔导师，它更多地被看作医疗师领域的技术。

但是，即使在这种具有魔导师权威的地方，也有人使用印象迷彩。

那个魔导师，恐怕是将对手关于"冰"具有怎样的性质——这一认知刷上了迷彩。因此，被施咒语的对手忘记了，冰在常温下会融化，踏在冰上就会滑倒。他变得无法思考与冰有关的事情。

"……"

我惊呆了。

是我完全低估了这个大会。"米拉尔·基拉尔"之前所说的话，在我看来并不是事实。这个大会，果然是无比严峻，一刻也不能松懈。即使过着上流阶级的富裕生活，参赛选手也都是认真钻研魔导的人。

但要说我自己，就真是不像话了，因为我直到中途都轻视了刚才获胜的人，认为他是个愚蠢的术者。

看来修行不足的人，其实是我啊……

这场比赛让我认识到，我的认知是被自己的偏见蒙蔽了。

"弗罗雷德上校，你对这场比赛有何感想？"站在我旁边，同为裁判的半老妇人问道。

"啊，我很佩服，真是一场精彩的比赛。"我坦率地说，她就呵呵地笑了起来。

"你是想亲自上场了吗？你还年轻，所以感到热血沸腾了吧？"

"不是的。在这种情况下，我首先要重新锻炼自己。"

"哎呀，你很慎重。"

听到这句话，我有些恍惚。

慎重——没错，U2R说过，被杀害的尼加斯安格是一个"慎重的人"。我刚才看到的比赛过程，以他的能力或许都不在话下。到底是什么样的陷阱，能够钻空子袭击了慎重的他呢？

真是不可小觑……

就在我和妇人说话的时候，下一场比赛已经开始了。比赛以两个擂台交替使用的形式进行。这是为了防止上一场比赛的咒语留在赛场上而采取的措施。我将会在接下来的比赛中担任裁判。

"再见。"我向老妇人点头告别，从座位上站起来，前往U2R正在整备的赛场。

嗯？

这时，我注意到了正在不远处的"米拉尔·基拉尔"。明明被剥夺了裁判资格，两人却还来参观比赛。

"米拉尔·基拉尔"站在可以环视整个赛场的位置，仿佛在观察一切。只见两人露出浅笑，朝我轻轻地挥手，我却佯装不知地从他们身边走过。

*

犯罪者确认自己设置的恶意正在完美地发挥作用。

刚才的第一场比赛中，已经呈现出确凿的证据。笼罩着紫骸城的罪恶齿轮，确实已经开始滚动。但是……

犯罪者盯着两个正在观察赛场的身影。那两个身影，除了性别不同，长相一模一样。

"米拉尔·基拉尔"。

两人之前的当众喊话，就像是看穿了犯罪者的存在——他们肯定会成为阻挡这场恶性行动的最大障碍。

必须设法处理那对双胞胎。但犯罪者认为，现在还不是合适的时机。

没有必要着急，时间还很充裕……

*

第一次的裁判工作，我几乎是无事可做。

当其中一方的魔导师突然施展了强烈的爆裂咒语，却被另一方成功抵挡后，进攻方立刻就投降了。

"胜者，班·德·库莫斯米法士！"

我所做的，只是举起这名胜利者的手臂。然后便迅速离开，让下一场比赛的人上场。

但是，我不能因为这场比赛结束就放松下来。因为我还得负责原本由"米拉尔·基拉尔"担任裁判的工作。

回到等候席，我感到稍微有些紧张。

"弗罗雷德上校，可以打扰一下吗？"

我听到有人招呼。抬头一看，是佐恩·唐裁判长。

"什么事？"

"有些事我想先知会你一声。离你担任裁判的下一场比赛，还有足够的时间吧？"他面无表情地说。不过，本来就难以从表情上读出这个"死人"的情绪。

"嗯，有的……"

"上校，你和行会总部的人有交情吗？"佐恩·唐压低声音说。

"没有……"

"我猜到了。在某种意义上，我和你一样。如你所见，我是所谓的'死人'，对生前的事了解不多。"

"恕我失礼，有多久了？"

"你是指，自从我死后过了多久吗？有四年了。我生前好像是从事和贸易有关的工作……但我对此一无所知。因为我醒来的时候，全身都缠着咒符绷带,这就是我的意识的开端。自此以后,我就在魔导师行会从事这类管理工作。我生前的工作,似乎没有多么值得赞誉——毕竟任何人都不知道详情。财产多得惊人,但生前的我不相信任何人,也没有留下任何记录或文件。另一个可能性是,或许有人知道详情,但他不想再和我有任何关系。"

"哦……"

"好了,我的情况并不重要——虽然和我接下来要说的话有关。在这个大会上,你我的立场相似。和其他的'死人'一样,我也被生前的家人与亲戚所厌恶,这是理所当然。而你,与行会的掌权者没有任何关系。"

"是可以这么说……但这又怎么了?"

"从另一个角度看,没有关系就意味着公平。我说得没错吧?至少,正如你所想的那样,要想提高希西巴尔的地位,关键就是圆满完成裁判的工作。"

"你想说什么?"

"如果,我是说如果——如果我出事了,弗罗雷德上校,我希望你能担任本届大会的裁判长。"

"你说什么?!"我不由得大声叫起来。

佐恩·唐慌忙把手指贴近唇边。

"嘘,你的声音太大了。这样所有人都听见了。"

按照他的吩咐,我再次缩起身子。

"但、但是，像我这样的新人，恐怕无法服众吧？"

"上校，恰好相反。正因为你不支持任何人，所以大家也不必担心你会偏袒特定的权贵。如果是你的话，表面上谁也不会反对。况且你是一个名人，没有人会说不认识你。你就是最适合的人选。"

"不过，你也不是一定会出事吧？"

"希望如此。"

佐恩·唐摇了摇头。他的脸颊微妙地抽搐着。

这个男人果然也注意到了，这届大会有些不寻常。之前坚称没有任何异常，只不过是做做样子。

我决定向他提问。

"哪怕是现在，这届大会就不能取消吗？"

"那是不可能的……"佐恩·唐的声音很虚弱。

"就算延期也没关系。你其实也知道，这里正在发生一些不寻常的事情吧？"

"决定让大会继续进行的，是以沃尔哈夏公爵为首的大会执行委员会。说到底，我不过是一名受雇的裁判。'死人'并不会拥有生前在行会内的影响力。"

"是他们说，尼加斯安格爵士是意外死亡？"

"尼加斯安格爵士是一路摸爬滚打才终于闯出名堂——他并不是名门出身。你来这里之前，甚至都不知道他的名字吧？"

"是这样没错。但是，出身好坏真的会导致待遇有别吗？"

"的确如此。甚至有人认为，尼加斯安格爵士并非名门出身却赢得了大会冠军，他死了真是谢天谢地。"

"太糟糕了……"我皱起眉头。

"所以，我们至少要保证比赛的公正性。我请你代替'米拉尔·基拉尔'，就是因为我觉得你会理解我的想法。"

佐恩·唐的眼神非常严肃。即使是不协调的表情，只要看他的眼睛，也能感受到他眼底里的某种意志。

"为什么要做到这个地步……你不也属于名门望族吗？"

"我是'死人'……当我拥有意识的时候，我的人生就已经结束了。我没有生存的意义……别说极限魔导大会，我已经无法在任何魔导的领域大展身手了。但是，正因为如此，我至少要把手里的工作做好。我不能把这个大会交给'米拉尔·基拉尔'那种兴趣使然搅乱局势的家伙。"他一边说，一边瞪着站在远处的双胞胎。

"明明剥夺了他们的裁判资格，他们却一副'无所谓'的表情……到底以为自己是什么大人物啊！"

"……"

我有些犹豫，不知道是否应该告诉这个认真的'死人'，我和U2R为了查明真相，已经相互合作采取行动。但是，既然他最大的目的是让大会顺利进行，那就意味着双方的方向未必一致，所以我还是决定保持沉默。

后来，这个保持沉默的决定，让我感到非常后悔。

"我差不多该出场了……"我告诉"死人",然后从座位上站了起来。

"拜托你了。在我的立场上,其实不应该轻易对别人说这句话……你是我的依靠。"

他的语气就像恳求似的,我不知道应该如何回答,只好随意地点了点头,然后朝赛场走去。

5

特里亚兹是个小个子男人,穿着厚实的铠甲。他的下半张脸被胡子遮住,显得很粗壮,但整体线条纤细,眼神却又很锐利。我的记忆中还是没有这个人。

"哎呀,裁判大人,多多关照。"

特里亚兹尖声说着,想要和我握手。他的手上还戴着金属护具,但我不想特意责备他,就这样跟他回握了。根据手指弯曲的触感,我感知到他的手很小,简直就像孩童的小手。大概是在意自己的小个子身材,所以才穿上了厚实的铠甲吧。

"我听说你和风之骑士是好朋友。这就是所谓的'英雄识英雄'吗?"

"呃,风之骑士要比我出色得多。"

"别谦虚了。我们这种身份低微的人,如果不积极地推销自己,是很难上位的！"特里亚兹亲昵地眨了眨眼。

"是吗，我会注意的。"我有些不耐烦地说。

拉马德大师用冰冷的眼神瞪着我们。他的身材高挑，显得相当紧实。

我面向双方，陈述注意事项。

"所以，当我告诉你们'停止'的时候，请尽快解除法术——"

说到一半，拉马德大师却插嘴道："区区希西巴尔的上校，竟敢对我这个里巴丹魔导战士团的首席顾问下命令？"

这是政府的次长级官员常用的单方面施以高压的措辞，我对此也很熟悉了。

他穿着里巴丹的基础高级武官军装，腰间佩剑，披着鲜红的斗篷。斗篷的背部顶起了剑鞘的长度。

"拉马德大师，这不是命令，是规则。既然出席了极限魔导大会，那就请你遵守规则。"我干脆地说，"在这里，我不是希西巴尔的上校，你也不是里巴丹的军人。两国的冲突与现在的状况无关。"

"真会说啊，帅气！"旁边的特里亚兹插嘴道，"真不愧是你，太勇敢了。"

"你也闭嘴。事项说明还没结束。"

"好的好的。"

特里亚兹向对手眨了眨眼，拉马德大师的反应有些僵硬。

哎呀。

我看出他的表情中夹杂着些许恐惧，这是很好理解的。面对未知的对手，这个男人有些胆怯了。他为了掩饰，就拿我来出气。我这个上校，毫无疑问在他的认知范围之内，但特里亚兹这个佣兵，真实身份却无从得知。

不过，我的状况也是如此。

这个被授予了好几枚勋章，留着络腮胡子的小个子男人，从外表根本看不出他的实力。

"——那么，双方就位！"

随着我的喊声，两人都回到各自的站位。

拉马德大师用锐利的目光瞪着对手，特里亚兹则是一脸嬉笑。

我确认两人都准备好了，就独自走出赛场，同时发出号令。

"开始！"

首先行动起来的，居然是年事已高的拉马德大师。

他同时施放出三股相当凶猛的龙卷风，然后使之冲向特里亚兹。

"哇！"

特里亚兹的尖叫声从龙卷风轰鸣声的对面传来。身穿铠甲的小个子男人取出咒符，惊慌地举到眼前。看来他是利用排斥咒语，勉强击退了两股龙卷风。

但是咒符也很快烧完，特里亚兹因为反作用力向后摔倒了。这时，剩下的一股龙卷风向他发动了袭击。

"哇！哇啊！"

特里亚兹又从铠甲里掏出了什么东西，扔向龙卷风。接着，爆炸发生，龙卷风就消失了。

但是，特里亚兹遭受了爆炸气浪，再次摔倒在地。

怎么回事？

我愣住了。

总觉得——这家伙也太弱了。

这是让对手放松警惕的作战计划吗？但是，即便如此……他似乎连魔导师战斗的基本时机都没有掌握。而且，从刚才开始就只是在使用咒符和炸弹之类的工具，没有打算凭借自己的力量施展法术。这种做法，根本就是外行人——或者说，完全是初学者。

难道……只是虚张声势吗？

拉马德大师似乎也有些困惑。

不过，像刚才第一场比赛那种戏剧性的胜负逆转也有可能发生，所以他绝对不会掉以轻心。他没有接近倒在地上的特里亚兹，而是从远处发射了几枚火焰弹。

面对这些攻击，特里亚兹竟然就地跳起来，像杂技演员那样躲开了。虽然他的反射神经和动作都很出色……但对于这种魔导大会来说，他的这些技能几乎无关紧要。没有正确把握时机施展魔法，这在判定上绝对是负分。我越来越搞不懂这个特里亚兹了。

"太、太危险了，太危险了——差点就完了。"

我听到他在小声嘟囔，实际上现在仍旧很危险。他离胜利已经非常遥远了。

拉马德大师没有手下留情,这一次,他放出了闪电。于是,特里亚兹又把什么东西扔向了空中。

恐怕在这个"黄昏之间",只有我会立刻认出那是什么东西。

那是球,是几个金属球体,也就是通常被称为"避雷球"的工具。

在战场上,避雷球被用来扰乱雷击咒语以达到防御目的。但怎么会有人把它用在这种比赛上?

就在我哑口无言的时候,闪电精准地击中了其中一个避雷球,耀眼的火花在周围四散。一瞬间,大家都闭上了眼睛。

但是,在这其中,拉马德大师仍旧在攻击。还不知道闪电会变成什么样的时候,他就已经在吟唱冲击咒语了。

"哇!"冲击波从正面击中了用双手护住脸的特里亚兹。

派不上用场的避雷球散落一地,特里亚兹被夸张地吹飞,狠狠地摔在地上。

"——呜!"

还没等这悲惨的呻吟声响起,我就已经举起了手。

"——到此为止!"

我利用裁判的权限,终止了比赛。再继续下去也没有意义。

"胜者,拉尔·拉马德·古兰多尔大师!"

一宣布胜负,周围就传来了"嗬"的叹息声。看来大家是对这个比赛结果表示同意。

我把目光投向特里亚兹，想看看他是否有异议。身穿铠甲的小个子男人却懒洋洋地露出了羞涩的笑容。

"呵呵，真难办，是我输了。"

我完全不明白，为什么这样的家伙会成为这个大会的参赛选手。

"……"

拉马德大师站立着，仍旧保持着施放冲击咒语的姿势——那是决定胜负的最后一击。

我招呼两人来行结束礼。

特里亚兹挠着脑袋，向我走过来。他的脚步很轻盈，似乎没有受到任何实质性伤害。

特里亚兹确实给人一种惯于实战的感觉……但如果不使用魔法，那就太不像话了。

尽管如此，我还是很好奇，就在他耳边说悄悄话。

"你应该还有别的手段吧？"

他是和我立场相近的佣兵，这更让人焦急。

"哎呀，那是真正的实力差距。"特里亚兹毫不胆怯地说。

他这么爽快，倒是让我有点意外。我还以为他会对这个判定提出抗议。

我看向胜者，只见拉马德大师还站在原来的地方。

"怎么了，拉马德大师？我已经宣布你获胜了，请你过来应答吧。"

我招呼道，拉马德大师就"嗯"了一声，然后点了点头。

但是，总觉得他的样子很奇怪。

"嗯，嗯，嗯——"只见他一遍又一遍地点头。

他的眼睛没有看向任何地方。

然后，在周围所有人的注视下，这个胜者缓慢地转过身来——倒下了。

他保持着脸朝下的姿势，毫无防备，甚至没有护住脸，就这样直接摔到了地板上。

"！"

我吓了一跳，连忙和作为副裁判在旁边待机的两名魔导师一起跑到他身边。

随即，我就意识到事态不寻常。

拉马德大师已经没有了呼吸。

而且，他的身体纹丝不动。

"振、振作点——"

我正要把他扶起来，却发现了异常状况。

好像有什么东西，从斗篷下面，把他的背部往上顶起了一个角。

原本别在腰间的佩剑，已经在他倒下时松脱，落在了地上。

但是，在斗篷下面，还有什么东西从他的背部冒出来——

我急忙把他的红色斗篷扒下来，眼前是不可思议的画面。

拉马德大师竟然被刺中了背部。

刀锋很深，完全贯穿了要害。

而且……啊,这到底是怎么回事?凶器恐怕就是第一场比赛时产生的冰柱。

血液从被刺的伤口里渗出,还浸透到了斗篷上,但因为斗篷是红色的,所以并不明显。

但、但是……

但是,斗篷本身却没有任何损伤。这意味着,拉马德大师被刺时,斗篷并没有被刺穿……那么,这根半融化的冰柱究竟是如何刺穿了他的身体呢?

我试图探他的脉搏,但已经没有必要进行确认了。

那只手异常冰冷,显然不再属于活人。

我立刻把目光投向特里亚兹。

然而,刚才还在和拉马德大师战斗的这个当事人却愣住了。注意到我的视线时,他立刻表现得很惊慌,只是使劲地摇头。

那倒也是——他不可能做得了什么。比赛的全过程,都在我们的监视之下。

比赛途中,拉马德大师甚至没有受到任何像样的攻击。因为他当时在不断发动攻势。

赛前,他的表情也很平静,不仅到处走动,还和我说了话。

但是,他却这样被杀害了……

当时比赛还在进行当中,到底是在什么时候、是谁干的?

这究竟是怎么回事……

第二章

我再次陷入极度混乱之中。

在众目睽睽之下,竟然有人在不可能的状态下被杀害。

这是第二个人。

——我只觉得,嘲笑声似乎在耳边嘹亮地回响。

「你可能以为，这个世界充满了严重的矛盾、不合理和混乱吧。实际上，混乱和矛盾的正是不合理的你。」

——出自《魔女的恶意》

第三章

inside
the apocalypse
castle

1

任何人都不能离开紫骸城——在待满七天之前，刻在咒符上用于回程的传送咒语是无法发动的。

这一事实，如今似乎成为压在我们肩上的重担。

被布置成食堂的大厅里弥漫着一股寒意。

"……"

"……"

没有人说话，大家都只是默默地把送上来的饭菜塞进嘴里。总觉得，所有人似乎都吃得非常艰难。

我也是一样，总有一种食物被卡在喉咙里的不适感，一点也不觉得美味。

紫骸城里的饮食，只是将易于保存的食物事先运进城里，在早晚各供应一次而已。话虽如此，这些食物却相当丰盛，和军队的伙食有着天壤之别。摆在餐桌上的面包、奶酪，还有真空密封的鱼料理，肯定都是出自一流厨师之手。

但是，我完全尝不出味道。只是把食物塞进肚子里而已。

第三章

用餐的时候，所有人都会聚集在这个食堂。如果不慎错过用餐时间，紫骸城里就没有其他地方和机会获取食物了。食物由专门的警卫轮流看守，其他人不能靠近。如果入城时携带着食物，传送到城塞内部的咒符就会使之腐烂，所以自带食物是不可能的。

这原本是为了防止有不轨之徒将毒药等异物混入对手的饮食中而采取的措施，但这次又增加了另一种含义。

这意味着，现在聚集在这个食堂里的人当中，肯定就有凶手。

他一定正若无其事地大口吃着饭菜……

拉马德大师遇害一事给大会全体人员带来了巨大的冲击。因为这次，无论如何都不像是受害者本人的过失所造成的事故。事发之后的比赛暂时中止，所有人都被集中到这个大食堂。

但这也不是要采取什么行动，说白了根本没有人知道应该怎么办，只有时间在不断流逝，最后是由于规定的时间到了，大家就只好像现在这样，在尴尬又沉重的气氛中开始用餐。

"……"

我瞥了一眼沃尔哈夏公爵。这个大会最高负责人的座位离其他人很远，只见他坐在一张大桌子旁边，被警卫包围着，同样是露出一脸难以下咽的表情。

警卫们也是脸色铁青，其中一个金发碧眼、身材高挑的英俊士兵，更是显得一脸茫然、心不在焉。

嗯？这样精神恍惚也有点不寻常，我不禁感到疑惑。

佐恩·唐也坐在附近的桌子旁，但他根本没碰过任何食物。他的神色极为憔悴，仿佛变成了真正的死人。

他也看向这边，我们的视线短暂交接。

注意到我的视线后，他就用恳求的眼神盯着我。

"请你帮帮我"。

他的眼神就像在这么说。

我原以为比赛中出现了死于他杀的尸体，作为裁判的我可能会受到某些处罚，但现在看来好像没有这种迹象。不管是佐恩·唐，还是其他人，似乎都认为责任不在我和特里亚兹身上。或者说，即使追究我们的责任也没有意义。

虽然因此得救了，但我根本无法安心。

我再次在心里发誓，无论如何也要解决这起事件。

饭后，大家终于意识到，聚集在这种地方是没有意义的。

"暂时解散吧。至于本届大会今后如何进行，我们会再做指示。"

上述声明发出后，所有人都要在各自的单间等候。

我试图在返回单间的路上寻找"米拉尔·基拉尔"。因为我想知道他们对于拉马德大师被害有何看法。但是，两人似乎很快就回去了，我最终没有找到他们。

我也不能一直到处游荡。这时候还在外面徘徊的人，难免会被周围的人怀疑。

第三章

我的房间虽说是单间，但其实非常宽敞。它比祖国的军队为我准备的办公室大了近三倍。

天花板上悬挂着半永久性的照明设备，室内配备冷暖气和各种家具，还有浴室——光着身子进去，风就会吹走全身的污垢。

房间相当漂亮，但也因此让人感觉不太舒服。

仿佛是缺少了某些会让人感到安心的要素。就是这种感觉。

我关上了门。这扇门会自动上锁，除了被设定的人以外，其他人都无法打开门。在过去，恐怕被设定的人是看守，住在这个房间里的人则是囚犯或人质吧。因为这座紫骸城，绝不是为了招待任何人而建造的城塞。

紫骸城里似乎有数千个这样的房间。规模之大，只会让人产生这样的想法——用暴力统治全世界的人物，其居住的城塞大概就应该是这样吧。

但是，如果我死在这个完全封闭的房间里，那就是密室杀人事件了……

变得有点神经质的我，不知不觉就开始思考这个问题。

我坐在房间里摆放的椅子上，想在这个安静的房间里，专心致志地考虑当前的事态。

然而，寂静很快就被打破了。我听到有人敲门。

"是谁？"我警惕地问。

然后，一个出乎意料的声音响起了。

"是我啊,我是特里亚兹。我有话要跟你说,可以让我进去吗?"是那个嬉皮笑脸的小个子男人的声音。

我仍然没有放松警惕,冷淡地回答:"要说话,就请站在那里说。"

特里亚兹却可怜巴巴地说:"真无情啊。别这么说嘛,我要跟你说的是很重要的事情。"

"你应该知道,这时候在走廊上到处走动,根本就是缺乏常识吧?"

"我知道,我知道。这种做法,搞不好就会丢掉性命。但有些事,我必须要跟你说。"

他的声音听起来非常严肃。我想了想,然后问道:"你要说的事,与拉马德大师的死有关吗?"

"总之请你先让我进去吧。如果我在这里被杀,第二天早上你就会被怀疑。"

这家伙就是纠缠到底,不肯罢休。我并没有放下戒心,但也有些无奈。

"我知道了。不过,你要是打马虎眼,我就会不加警告,立刻发动攻击。"

我事先提醒,然后才打开了门。

"谢谢你。哎呀,真是吓得我胆战心惊。"

这个留着络腮胡子的男人还穿着铠甲,他跌跌撞撞地走进我的单间，一屁股坐在我刚才坐的椅子上。

"所以呢？你要跟我说什么？"

我站在他面前。

"哎呀，这该怎么说呢——"特里亚兹挠了挠脑袋，"刚才的比赛，应该是算我输了吧？"

"什么？"

我又被打了个措手不及。事到如今才来抗议判定结果吗？

"应该是的，那又怎么了？"

"哎呀，毕竟我的对手不是死掉了吗？所以我就想，在这种情况下，比赛结果会产生变化吗？该不会就算我赢了，要我顶上空缺吧？"

"呃，我没有考虑这个问题。更重要的是，我们甚至不知道本届大会是否还能继续进行。"

我这么说是为了告诫特里亚兹，他却板起面孔，说出一句奇怪的话来。

"唉，要是算我赢了，我会很为难的。"

"你说什么？"

"好不容易才以无伤的状态输掉第一轮比赛，如果还要上场的话，说实话，这也太难受了。"特里亚兹无奈地摇了摇头。

"刚才的比赛真是太要命了。我没想到魔导师之间的对抗会那么严酷。哎呀，我真是切身体会到了，我这种非专业魔导师，是不应该参加这种比赛的。"

留着络腮胡子的小个子男人朝我眨了眨眼。但是，这家伙刚才说的话，就意味着……

"你——是什么人！"

不可能是大会注册名单上的战士特里亚兹，因为极限魔导大会的参加者里，根本就没有非专业魔导师！

我抓住这家伙的铠甲的颈部锁链，正要往上拉——然而，就在那一瞬间。

刺溜——

随着这个声音响起，我手上的重量增加了。铠甲的全部重量都压到我手上来。而铠甲里的人——

"！"

我抬头看向天花板。

在高空里飞舞着——无论怎么看，他都不再是一个肥胖的小个子男人了。

我扔掉手里的铠甲，原本覆盖着他脸庞的假胡子落在我的头上，我立刻把它扫开。

然后，朝着那个落地的身影，摆出了施展雷击咒语的姿势。

但我的动作却僵在那里。眼前的那家伙……

"哎，哎呀！你最好不要攻击我！"

眼前的人用可爱的声音说着，轻轻地挥了挥竖起的手指。

"我身上还藏着爆裂咒符呢。如果攻击我，搞不好就会爆炸哦。"

她用银铃般的声音向我宣告，但比起这件事，最让我吃惊的是——

"小、小女孩？"

无论怎么看，眼前的都是一个只有十七八岁的少女。

但是，这份稚嫩之中，也有一股豹子般的锐气。最初在特里亚兹身上看到的那双锐利的眼睛，就是她的本来面目。

"我倒不是在装年轻。"她又挥了挥手指。

"我的名字是夏欧。你知道乌兹·夏欧吗？"

我瞪大了眼睛。

"你说什么？你，你就是那个乌兹·夏欧吗？据说是那个世纪大盗乌兹·凯欧的孙女，还继承了他的衣钵……"

"对，正是我。"她打了个响指。

"如果你知道我，那解释起来就简单了。我是乔装潜入这座紫骸城的。"

"为、为什么？"

"当然是为了偷取咒斗神李·卡兹留下的秘宝。"夏欧立刻回答。

▼
2

"你刚才说，李·卡兹的秘宝？"我不禁发出了略显愚笨的问句。

"那种东西真的存在吗？"

自从紫骸城被冒险者开启后，已经过去了三百年的岁月，但我从未听说过有人发现了那样的东西。对于我的这个问题，她回答道："'没有证据显示它存在，但也没有确凿的根据显示它不存在。'——这是上一代大盗乌兹的座右铭。作为第二代，我也要效仿。"

她的语气里充满了自信，或者说是决心。这与她可爱的容貌不甚相称。

我有些哑口无言。

上一代大盗乌兹，即乌兹·凯欧，并不是普通的盗贼。当初，希基利赞桑火山的喷发导致前所未有的大饥荒席卷世界时，一部分掌权者垄断了为数不多的粮食，而乌兹·凯欧抱着必死的决心从这些掌权者手中掠夺食物，并分发给饥饿的人们——他就是这种英雄式的传奇大盗。等到世界从火山喷发的影响中恢复过来后，据说他就和各国的特务部队进行交易，窃取地下社会的秘密情报。有传言说，七海联盟就是他的老主顾。甚至有人认为，七海联盟——这个原本只是由一群没有国籍的商人组成的互助团体，之所以能够在世界范围内迅速扩张势力，很大程度上就是得益于这个大盗的情报能力。

"话说，真正的特里亚兹到哪里去了？"

"哎呀，他现在要么在某个欢乐街游玩，要么在平整的沙滩上，一边品尝美酒一边晒日光浴吧。用卖掉入城的传送咒符赚来的钱。"

"他还真愿意和你交易啊……"

"哎呀,怎么会不愿意呢?像特里亚兹这种佣兵出身的人,即使在这个大会上夺冠,也只会遭到冷落。聪明如他,因为知道这一点,所以做出了更务实的选择。"

"找到这样的特里亚兹并向他提出交易的你,好像要聪明得多……"我这样想着,但没有说出口。

"沉睡在紫骸城内的李·卡兹的秘宝吗……确实,除了极限魔导大会,就没有别的方法进入紫骸城了。这算是千载难逢的机会吧。"

"我以为自己做得很好——我本来打算适当地输掉比赛,然后就开始调查这座城塞,但没想到会发生那种事。"

她摇了摇头。虽然理所当然,但她的动作和刚才的特里亚兹一模一样,我不禁觉得有些怪怪的。

"所以,我想和你商量一下。可以让我和你合作吗?"

"这是什么意思?"

"你是打算解决在这座紫骸城里发生的事件吧?我会帮你,也会提供情报,所以你愿意和我合作吗?"

"我并没有寻宝的才能。"

"你好像很受那个佐恩·唐的信任。就把我当作合作伙伴,让我协助你查明凶手嘛。"

"然后在间歇期间,一起去寻找那个不确定是否存在的秘宝,是这样吗?"

"如果不存在,那也没关系——这样就可以确定是'不存在'了。问题是'我是否确认过'。这关乎我作为盗贼的自尊心。"夏欧干脆地说。

我知道她是认真的,但实在没必要来向我寻求合作。

"如果是你的话,不是更应该向七海联盟的'米拉尔·基拉尔'寻求合作吗?乌兹家族和七海联盟,说白了,不是同伴吗?"

听到这里,夏欧耸了耸肩。

"当然,如果在这里的是你的朋友克里斯托夫少校,或者'雷闪'杰斯特——这些在联盟军中既有本领又值得信赖的人物,那我就会这么做。但如果是那对双胞胎的话,我就是有多少条命也不够用啊。"

听她这么一说,我的心情又变得沉重起来。

连这个视危险如无物的大盗继承人都这么说,那两个人到底是怎么回事啊?

"重要的是,弗罗雷德上校,我认为你是个值得信任的人。你似乎能立刻理解我的心情,而且就算听到'秘宝',你的眼睛也不会闪烁出贪婪的光芒吧?"夏欧用恶作剧的语气说道。

被一个女孩这么说,我觉得自己似乎被小瞧了。

"你是觉得我要对你言听计从了吗?"

我的语气稍微有些强硬,夏欧就慌张地挥动双手。

"啊……哎呀,我不是这个意思。我让你不高兴了吗?"

"对你而言，或许只要能以自己的身份行动就足够了。但我们的当务之急不是寻宝，而是解决杀人事件。"

"这我知道，嗯。"

"真的吗？"

"当然。"

"那么……只有我们两人是不行的。对吧，U2R？"

听了我的话，夏欧愣住了。当身后的门打开时，她更是目瞪口呆。

"正是如此，弗罗雷德先生，夏欧女士。"

按理说，除了我以外，任何人都无法开启的那扇门，被轻而易举地打开了——拟人器就站在那里。

拟人器慢慢地走进房间，门就再次自动关上。

"啊？"夏欧仍旧有些茫然。

"你为什么会觉得拟人器是这个大会的参加者呢？"抱着报复的心理，我略带讽刺地说，"当然，在大会的管理上，他是保持立场公平和中立的最佳人选，但最重要的原因是——对于无生命的拟人器来说，任何精神活动都不会对诅咒产生反应，换句话说——"

"……通过咒语上锁的自动锁对他不起作用，对吧？确实，如果管理员进不了房间，万一发生紧急情况，就派不上用场……"夏欧用含糊的声音说着，然后呵地笑出声来。

"你们是什么时候开始合作的……真是不让人乘虚而入啊。"

我原本就打算在比赛结束后和U2R讨论这起事件。即使夏欧在这之前找上门来，这个计划本身也不会改变。

"你的真实身份和目的，我就只告诉这个U2R。毕竟我也不能让你为所欲为……与此相对，如果找到了那个什么秘宝，荣誉和财富将属于你。"

听了我的话，夏欧却露出了苦笑。

"盗贼不需要荣誉。荣誉会妨碍我的行动，我还巴不得避开它呢。"

"机器也不需要。"

U2R附和后，我也补充道："说实话，我也受够了名声。"

"我们似乎很合得来嘛！"

夏欧朝我们眨了眨眼。

"话说回来——对于尼加斯安格被害的事件，我其实没有头绪，但就拉马德大师被害的事件来说，确实有可疑的人。"

夏欧立刻就展示出了盗贼特有的情报收集能力。

"和他关系很亲密的一个人也在这座紫骸城里。"

"关系很亲密的人？"

"在资料层面上，并没有发现与拉马德大师有私人接触的女性。"

对于U2R指出的问题，夏欧轻轻地摇了摇手指。

"亲密的人未必就是女人吧？"

听她这么一说，我"啊"地叫了一声。

"难道是那个负责沃尔哈夏公爵的警卫工作的年轻金发魔导师？"

就是用餐时,那个脸色莫名苍白的男人。

"你注意到了吗?是的,你说得没错。从两年前开始,他和拉马德大师一直保持着亲密关系。这两个人最初就是在拉马德大师去拜访沃尔哈夏公爵时认识的。"

"他们的关系没有公开吗?"

"当然没有——毕竟拉马德大师是里巴丹的军事顾问,他和直属于魔导师行会的人保持着某种私人关系——这件事一旦公开,国家就会怀疑他是否在进行对行会有利的幕后交易。"

"唔。"我哼哼起来。

我来这座紫骸城是为了增加祖国在行会内的发言权,但一想到随着权力的增加,会产生很多这样的细节问题,我的心情就变得复杂起来。

"那个男人的名字叫塔伊阿尔德,年龄是二十七岁,出身于名门,接受过一流的教育,也就是所谓的精英。嗯,要不是这样,他也不可能成为沃尔哈夏公爵的亲信。不过,他是家里的四男,这种模棱两可的立场,几乎不可能继承家业和成为行会议员。"

"也就是说,对于因秘密泄露而失去地位的恐惧感也很深吗?或许也有感情纠葛,可以想象到的动机实在太多了——"

但是,仅仅是这些,我觉得还不具有决定性。拉马德大师被害的方式实在过于异常了。

我无法认为这起事件有这么单纯,否则,即使不在这座紫骸城里下手，也会有很多其他的行凶场所和机会。"

"嗯，至于行凶手法，我就束手无策了。不过，在我这个魔导外行看来，只要会使用魔法，无论是怎样的诡计，似乎都有可能实现。"

"这不像嘴上说的那么简单。首先，被施法的人也精通魔导，所以无论采取什么方法，对方也总会有相应的对策。"

"不过，那个叫什么来着，就是那个'印象迷彩'。既然那样的事都能做到，不就意味着厉害的魔导师几乎是无所不能吗？"

"第一场比赛确实很精彩，但'印象迷彩'只是让对手忘记了'冰'的存在，这种攻击本身不会产生致命的伤害。归根究底，就是类似麻醉药而已。"

"可是，如果有超乎我们想象的伏兵，而且这家伙还施展了他隐藏起来的撒手锏的话，那又怎么解释呢？我们哪有这闲工夫来说什么诡计的证明呀？"

"要真有这么厉害的家伙，他的水平已经……"

说到一半，我一瞬间僵硬了。

"这是李·卡兹的诅咒——"我的脑海中浮现出这句话。

是的，以李·卡兹的水平，无论行凶手法多么异常都不在话下，无论对手是谁都无所谓。

但是，这实在太荒谬了——这种事是不可能的。无论如何，真相不可能是天方夜谭。

我摇了摇头，想赶走这个诡异的想法。看到我的举止，夏欧和

U2R盯着我的脸。

"怎么了?"

"你感觉身体不适吗?"

"不,我没事——比起这个……"

我再次下定决心。

"既然存在这种秘密的人际关系,那就不得不直接向其他的所有人了解情况了。只看资料还是有局限的。"

"但是,就这样突然到处打听,应该不会得到回应吧?"

"嗯,所以我要去获取许可。"

"许可?向谁要?呃……你是指?"

对于夏欧的提问,我点头作答。

"最便捷的办法,就是直接去和行会的最高负责人沃尔哈夏公爵交涉,获取他的委任状。毕竟聚集在这里的每个人,似乎都不敢忤逆掌权者。"

对于我的这个意见,夏欧挑起了一边的眉毛。

"真是胆大包天啊——"

"我好歹是个英雄嘛。"

我这话说得有点自嘲的意思,没想到夏欧和U2R却不约而同地点了点头。

"原来如此。"

我真的要举手投降了。

3

奥布尔法斯·居伊·古尔多兰·沃尔哈夏公爵——这个男人为一般人所知的事迹，就是在此前世世代代担任行会统帅的穆诺吉塔贾哈尔家族爆发丑闻之际乘虚而入，通过半强制的手段夺取了权力。

但是，他的外表并没有那种刺眼的印象，加上已经年过七十，所以给我一种为人沉稳的感觉。

不过，他的全身刻着大量防止老化的纹章，这显示了他雄厚的财力。要刻上这么多的纹章刺青，搞不好就要花费一个国家一整年的财政预算。

"那么……你是弗罗雷德少将？"沃尔哈夏用平静的目光盯着我的眼睛说道。

他的表情混杂在纹章和皱纹之中，叫人难以分辨。连他的秃头上都遍布纹章。

"听说，你有话，要对我说？"

他坐在极长桌子的另一端，说起话来几乎和耳语一样。光是要听清他在讲什么，我就觉得很费力了。

"我是上校，公爵阁下……"我纠正道。

如果对方不是将军以上的级别，恐怕公爵连一句话都不会说吧。

现在有十个精英魔导师将我紧紧包围。只要我有一点可疑的动作，他们就一定会彻底地把我的脑袋打飞。

"啊，是的是的，一不小心就搞错了。原来是上校啊，原来如此。"公爵嗯嗯地独自点头。

"关于尼加斯安格爵士和拉马德大师的事件，我有话要对你说。"我开门见山地说。

"嗯。你好像认为，他们是被杀害的。"

"关于拉马德大师的死，官方意见应该还未公布。而对于尼加斯安格爵士的死，虽然大会执行委员会的正式裁定已经下达，但既然出现了新的事态，按理说就必须重新考虑上述的情况。"

"唉……"公爵轻轻地摇了摇头，"尼加斯安格，他真是太可怜了，不是吗？"

我感到有些意外，原来这位掌权者也会哀悼他人的死亡。

"嗯，是的。他死得太可惜了。"

"不不，不是这个意思——我是说，那家伙要是再机灵一点，在上届大会就应该满足于与之相称的地位，而不是夺取冠军。真是太愚蠢了。如果他知道什么叫作'合乎身份'，兴许还可以在行会内获得相应的立场嘛，对不对？"

公爵那张沉稳的脸上露出了让人不寒而栗的刻薄笑容。

"而且，也不会死在这种地方了。脑子不好啊，这就是他的罪孽了。"

……

虽然早就预料到了，但看到有人如此公然地轻视他人的死亡，只把他人当作权力游戏的棋子，我还是有些不知所措。

愤怒只会得不偿失。但要是唯唯诺诺地接受对方的意见，结果又只会被轻视。在这种情况下，我决定暂且把对方是最高掌权者这件事抛诸脑后。

比如说，这个老人只是一个负责发放会面许可证的小官员，我必须按部就班，但不必感到惧怕——我决定就以这种态度应对。

"下一个——会是谁呢？"

听了我的话，公爵的脸绷了起来。

"你是指……什么？"

"你不关心下一个受害者是谁吗？"我平静地说，"最初被害的尼加斯安格爵士，确实是脱离主流派别的人。但接下来被害的拉马德大师，却是在行会内有一定地位的人。如此一来，凶手的目的不就相当于'无差别'吗？"

"……"

公爵把视线投向我。刚才那种虚伪的温厚，几乎已经从他的眼神里消失了。我毫不在意，继续说道："我只能说，就目前的情况来说，凶手的目的和行凶手法是完全无法想象的——任何立场的人，都要面对这个危机。"

"……"

"现在，大会执行委员会必须做的一件事，并不是尽早让比赛继续进行，而是查明这个事端的根源。否则，就难保会出现第三个、第四个受害者。'米拉尔·基拉尔'曾经声称'既然是极限魔导，就不可避免有人丧生'，委员会的态度该不会和他们一样吧？"

我一提到那对双胞胎的名字，公爵的脸上就浮现出明显的厌恶。

他的表情非常生动，仿佛在说："那两个——该死的混蛋！"

"不要提及那些费尔法斯拉特。对于魔导师行会来说，那两个家伙就是危害。"

"危害？"

"什么费尔法斯拉特，这个名字就如同好几个世纪前的亡灵，根本没有任何实效性可言。但是那两个家伙，仿佛是活在李·卡兹死后不久的世界似的，大肆宣扬那些愚蠢而幼稚的理想论。对伟大的前辈们，他们根本就没有半点敬意！"公爵突然激动地大叫起来。

这让我有些目瞪口呆。

"我亲手交给他们的奖杯，那、那两个家伙，居、居然说'这种东西就是垃圾'……他们到底以为自己是个什么东西！"他咆哮着，仿佛把所有的感情都释放出来了。

过去，"米拉尔·基拉尔"夺得冠军的众多比赛中，似乎有不少都是由这个沃尔哈夏公爵主办的。当时，那对双胞胎肯定也把现在这种态度贯彻到底了。

况且，那两个人的背后还有与魔导师行会相匹敌的强大势力——七海联盟。这似乎也是给他火上浇油的原因。

一时间，让人痛苦的恶毒谩骂充斥在我的耳边。过了好一会儿，公爵总算平静下来，气喘吁吁地瞪着我，低声咕哝道："你来干。"

"啊？"

"我不管什么杀人事件，这种程度的小事情，哪里犯得着由委员会来采取行动？如果你介意，那就随你的便，只是责任都由你来承担。不过——我有一个条件。"

"什么条件？"

"绝对不能让那些费尔法斯拉特立功。"

这个回答过于偏离主题，所以我尝试耐心地进行说明。

"不管怎么说，如果没有七海联盟的指令或其他政府的正式委托，作为特殊战略军师的战地调停士是绝对不会行动的。"

"这不重要！问题是——"

说到一半，他突然屏住呼吸，开始剧烈地咳嗽。

"咳咳咳咳咳咳咳咳——！"剧烈得仿佛喉咙都要裂开了。

还没等我从座位上站起来，在旁边待机的几个医疗师模样的男人已经立即开始摩挲他的背部。

看着他的样子，我觉得自己的喉咙也有些难受了。

总觉得喉头发涩——这到底是怎么回事？

公爵的咳嗽很快就平息了。

"够了。"他这样说着，让医疗师们退下，然后缓缓面向我。

"问题是，无论发生了什么问题，解决这个问题是行会的工作，绝对不能交给那对对行会毫无贡献的双胞胎。中将，你听明白了吗？"

"公爵阁下，我是上校……"

"不，等你走出这座紫骸城的时候，你就是中将了。希西巴尔在行会总会上的议席也会比现在增加一倍。不过——前提是你所说的'事件'要顺利结束，不构成任何问题。"

这时，他已经完全恢复了当初那个老狯、沉稳的掌权者态度。

"如果你失败了，希西巴尔当然就会被指定为四等国家，不仅会失去议席，如果不向行会缴纳费用，同时也会失去加盟资格。"

"我知道了……"我只能点头。已经没有回头路了。

"那么，阁下，我有一个请求。"

我正式提出请求，希望他出借U2R作为我的助手，同时出具委任状，以保证我们在紫骸城内自由行动的权利。

但是，公爵对此并不理睬，我的肩膀也被身后的男人抓住了。

"上校，时间到了。请你离开。"负责警卫工作的魔导师平静地说。

"我们还在谈话中。"

我正要争辩，他们却一把抓住我，强行往外拽。

在我身后，沃尔哈夏公爵起居室的门关上了。

"喂，你们是什么意思？"

"谈判的细节问题由我们来处理。公爵阁下与此没有任何关系。

你明白了吗？"看起来像亲卫队队长的男人用威胁般的语气对我说。

"还真是滴水不漏啊……这样一来，公爵阁下就完全没有责任了，是吗？万一出了什么事，你们也要顶罪吧？"

我提出警告，他们却面无表情，没有任何反应。

名叫塔伊阿尔德的金发男子也在包围着我的警卫当中，但我故意没有搭话。或许这个男人知道真相——我不是没有这样的想法，但没有说出口。还有其他警卫在场的情况下，即使我尝试逼问，恐怕他也不会回答。

相反，我瞪了他一眼。但是，结果他只是和其他人一样面无表情，除此以外没有任何反应。

我只好放弃，向他们重申了具体要求。虽然我提出的条件大多被接受了，但行动上的完全自由却没有得到许可，始终还是只能在委员会指定的范围内行动。

这下要惹夏欧生气了……

不过，如果是她的话，即使要避开委员会的耳目采取行动也不是难事吧。

更重要的是，一直盘踞在我心里的某个疑虑，在这里得到了完全的证实。

看来行会内部的风气是，地位低下的人，哪怕死了也无关紧要——换句话说，如果说行会的人在什么时候，什么地方，做了遭人怨恨的事，导致有人想要把行会的所有人都杀光，我也不会感到奇怪。

我开始认为这种可能性就是事实。

事后想来，我的这个猜测有一半是正确的，有一半则完全错误。整个事件——围绕着这座紫骸城的恶意，实际上是更复杂、更无情的无底黑暗。

我很快就会充分认识到，真正意义上的事件本质，在这时候甚至还没有展现出来。

『逃避绝望的人，没有资格谈论未来。』

——奥利瑟·库奥尔特

第四章

inside
the apocalypse
castle

1

时间在流逝。

黑夜过去，清晨到来——这句话并不适用于紫骸城。因为在这座连一扇窗户都没有的城塞里，人们无法知道外面发生了什么变化。

无论如何，在不安之中颤抖的人们都迎来了不平静的苏醒之时。然而，对于其中的一些人来说，却再也没有机会——

*

夏欧告诉我，紫骸城大致上由三个区域组成。

"一个是人所在的区域；一个是支撑建筑物的支柱和加固材料所在的区域；最后一个，其实就是'通风'的区域。"

"通风？"

"是的，那是个空无一物的空间。因为没有地板，所以根本不能作为房间使用。从顶部到陷进地下的底部，城内的人类完全看不到的无物空间，实际上占据了这座紫骸城总体积的九成。"

"也就是说，这座城塞就像空心的纸布景？"

第四章

"是啊，风就在那个空间里嗖嗖地吹着。我们所在的这个房间的地板下面，恐怕也是远离地面，悬浮在半空中。"

听到她这么说，我不禁目不转睛地盯着红褐色的地板。

一想到这下面与地面之间的遥远距离，尽管现在站得很稳，我还是不禁产生了恐高症的错觉。只觉得地板好像随时都会松动，我也会因此坠落到地狱的深处。

我和夏欧正在房间里等待发放委任状。在委员会处理杂务工作的U2R会直接把委任状带过来。

"道路基本上都是螺旋形，所以上下层没有楼梯连接。"

"但是，走廊看上去几乎都是笔直的。"

"大概是因为走廊连接的大厅也微妙地歪斜了，而且这里的走廊基本上都太长了。周围又昏暗，很难看清前方。人们以为自己在走直线，其实是没注意到脚下那些细小的弯曲。"

"原来如此……"

回想起最初进入紫骸城时的印象，我对这个说法表示信服。

"这么说来……那具龙的骨骼，该不会是真的吧？"

"龙的骨骼？"夏欧好像不知道这件事。

当我进行说明时，我看到她的眼睛变得亮晶晶的。

"什么？原来有那种东西吗？我真想去确认一下！"

"但是，那种东西再怎么说也没办法带出去。实在太大了。"

"如果真的和龙的骨骼一模一样，就算是素描也会有收藏家和研

121

究者出高价买下。我认识一个叫'寻龙的阿纳斯'的男人，他就肯定会高兴得扑上去。"

因为"寻龙的阿纳斯"是知名冒险家的名字，所以我不禁惊讶于这名盗贼的交际之广。

"是这样的吗……好吧，稍后我带你过去。"

"没想到还有这种额外收获。哎呀，真是不虚此行。嗯嗯。"

"……"

我看着兴高采烈的夏欧，觉得她变得过于兴奋了，心里不禁有些不安。

"不过，你心目中的'李·卡兹的秘宝'到底是什么东西？如果是金银宝石之类的，应该被以前来过这里的冒险者带回去了。"我这么说道，想要给夏欧泼泼冷水。

听了这番话，她却咧嘴一笑。

"金银宝石？这些东西充其量不过是'资产'而已，不足以成为大盗做梦也想要盗取的秘宝吧？"

"什么？这是什么意思？"我不太明白她在说什么，反问道。

"所谓的秘宝，不一定是有形的东西。隐秘的事物、看不见的真相、掩藏的意图——秘宝就是这样的东西。在这种情况下，秘宝就是这座紫骸城本身。"

"你的意思说，建造紫骸城的理由之类的？当初是为了和奥利瑟·库奥尔特战斗，所以建造了紫骸城来收集诅咒吧？"

"确实，紫骸城是用具有诅咒收集效果的材料建造的，城里也有足以不断储存这些诅咒的巨大空洞——但仅仅如此，我觉得还不充分。"

她的表情变得锐利起来，仿佛在盯着空间里看不见的事物。

"作为理由还不充分。如果是这样的话，就无法解释紫骸城的构造为何会如此古怪。因为三角锥、长方形、圆顶形之类的简单形状更加符合上述目的。而且，作为对手的奥利瑟·库奥尔特当然也能预测到这种目的，结果就会迫使敌人采取对抗手段。如果这座城塞是一架超巨大的'兵器'，它就应该有更实际的用途。"

夏欧的眼神就像在狩猎。那股穷追不舍、志在必得的气势仿佛也刺穿了我。

"原来如此。很有说服力，但这有办法判别吗？"

站在魔导顶峰的人物为了超越同等的对手而精心准备的机关——以我们的认知，真的有办法充分理解吗？

而且，如果是这个机关杀死了尼加斯安格和拉马德大师，那就真的是李·卡兹的诅咒了。

我不寒而栗。

看到我的脸色不对，夏欧连忙说道："呃，哎呀——我觉得应该不是这种目的，不是用于杀伤对手的机关之类的，否则，就没办法解释为什么以前进入紫骸城的那么多人都平安无事了。"

她眨了眨眼睛。

"我觉得，应该是只和李·卡兹本人有关的东西。"

"但是，也没办法这么断言吧？如果是机关的话，既有可能是定时启动，也有可能是错误启动，我们不能排除这些可能性。"

在我看来，这座紫骸城所营造出的整体氛围，仿佛就是在说："不会让你们活着离开"。

"是啊，但我相信自己的直觉。话说回来，关于城塞的秘密——"

夏欧探出身子，把脸凑到我的眼前。

年轻女孩的体香和气息扑鼻而来，我的心里一阵慌乱。

"什、什么？"

但是，她对我的动摇毫不在意，继续说道："——其实，我已经有头绪了。"

她的脸上挂着得意的笑容。

我大吃一惊。

"你说什么？那么——"

话没说完，门开了。U2R说了声"打扰了"，走了过来。

我愣了一下，看向U2R。然后，等我回过头来的时候，夏欧已经缩回去了。

"暂时保密吧。"她调皮地说，"不过，当时机成熟的时候，我肯定会向你寻求协助。毕竟要解开这个秘密，魔导师的协助是必不可少的。"

"……"

我觉得自己好像被耍了,但很快又恢复了精神,把注意力重新集中到杀人事件上。

"U2R,你拿到委任状了吗?"

"是的,弗罗雷德先生,我确实拿到了。"

我接过委任状,对内容进行确认。看起来似乎没有问题。

"好,那么在早饭之前,就先对所有人进行'审问'吧。"

我们三人认为,在给对方留下任何先入为主的印象之前,要尽可能听取更多人的意见,所以审问的对象是随机决定的。

"U2R,拜托了。"

在我的示意下,有能力解锁单间的拟人器立刻打开了门,我和化装成特里亚兹的夏欧毫不客气地踏进了这个房间。

"你、你们干什么?"

正躺在床上的男人跳了起来。他似乎是一夜没睡好,眼睛布满血丝。他很年轻,看起来面黄肌瘦,让人感觉不太可靠。估计才二十多岁吧。

"他叫什么名字?"我没有问本人,而是问U2R这个管理员。

"他是诺斯·麦杨先生,作为梅露库诺斯的代表参加本届大会。这是他初次参加极限魔导大会。"

听到这迅速的回答,我点了点头。

"你好,麦杨爵士。我们正在调查拉马德大师死亡的事件。我们的权限直接来自大会执行委员会,这就是证明。"

我把委任状拍到这个叫麦杨的男人的鼻尖前面，他吓得翻起了白眼。

"什、什么？这是什么意思？"

"你私底下认识被害的尼加斯安格爵士吗？"

"怎、怎么这么唐突？我什么都不知道。"

"就个人而言，你是否遭人怨恨，导致你有可能被谋杀？"

"太、太失礼了！你到底在问什么！"

"你还是回答比较好哦。"夏欧用特里亚兹的声音说，"这么不擅长隐瞒，搞不好你也会像那两个人一样被杀啊。哎呀，我是说真的。"

这种嘲笑般的语气，让麦杨的脸色变得苍白。

"不、不会吧……"

"你是否听说过其他魔导师之间有任何奇怪的事情发生？"

"呃，唔……"

他绞尽脑汁，揭露了各种流言般的丑闻。不过，他所说的都是些俗套的东西，似乎毫无意义。因为这种程度的情报，夏欧都是知道的。

但是，他似乎越说越兴奋了，滔滔不绝，没完没了。

"对了，那个娜娜雷米夫人不是也来了吗？实际上，这次穆诺吉塔贾哈尔家族本来是应该退出比赛的，但在沃尔哈夏公爵的施压之下，他们被迫来参加。沃尔哈夏公爵是要利用这些羞辱，让穆诺吉塔

第四章

贾哈尔家族的权威扫地吧——"

"是吧。"我随便附和一句,打断了他的话。

没时间和这家伙说个没完。看来他是真的什么都不知道。

"感谢你的合作。再见。"

我们迅速走出了他的房间。

"你对刚才的男人印象如何?"我问夏欧。

因为我觉得生活在地下社会的她比我更会观察人。说不定那个男人其实是个精明的家伙,所以还是小心为好。

"哎呀,再怎么说也不会是他。"在伪装用的胡子下,她哼了一声。

"既没有杀人的觉悟,也没有被杀的想象力,只是个普通的小少爷。"

"但是,这就是大会参加者的普遍形象。"

U2R的话让我叹了口气。

要审问的有一百多人。我再次下定决心,告诉自己这项任务将会相当累人。

但是,没有这个必要。

让人无暇顾及这些的事态已经迫在眉睫。

"奇怪——"首先是U2R发现了异常,"即使解锁了,门也打不开。"

这还只是个人审问开始以来的第三个人。

"有一种被人为固定的感觉……"我有些惊讶,"让开!"

我怒吼着,狠狠地踹向这扇没上锁的门。

但是,我只感到一种莫名的沉重感,门还是纹丝不动。

"可恶,这是怎么回事?"

整扇门好像已经扭曲了。只露出一丝缝隙,看上去无法打开。

就在这时,耳边响起了"咻"的一声,就像漏风似的怪声。

"这是什么?"

正当我和U2R惊讶地对视时,夏欧的脸色变了。

"糟糕!快逃!"她大声叫喊着,一把推开我和U2R。

"什、什么——"

我们困惑不已,但还是慌忙地跟在她的身后,拔腿跑了起来。

就在这时,身后突然发生了爆炸。

我们无法回头。因为在回头之前,我们已经被爆炸气浪吹飞了。

但是,身体倒地后,我知道了身后发生了什么——刚才我踹的那扇门被炸飞了,然后从那里喷出了火柱。

怎、怎么回事?!

我吓了一跳,但与此同时,我的身体已经自行运用起在军队中训练出来的防卫技巧。

对付火,就要用水。

根据防御魔法的原则之一,我立刻吟唱使空中的水分凝固的咒语。与此同时，由于汽化作用，周围的气温急速下降。是的，就像冬天的窗户内侧会出现水滴，反过来说，只要形成水滴，那么窗外就会变冷。

很快，周围就被水蒸气的烟雾包围，变得白蒙蒙的。

是热气。

闷热的空气在四周弥漫。

"刚才的爆炸是怎么回事？"我站了起来。

夏欧和U2R也总算是平安无事。

门被炸飞的房间里冒出滚滚浓烟。

"因为有东西燃烧，消耗了室内的氧气，所以封闭的房间就变成了真空状态。这时有氧气从门缝进入，结果就发生了爆炸性燃烧——"夏欧解释道。她的假胡子已经被吹飞了。

"这是大规模火灾中常见的现象。来灭火的人往往会因此而丧命。"

"大规模……火灾？"

我大惊失色。

如果室内发生了相当于大规模火灾的燃烧……

我再次飞奔起来。那扇门被压扁了，摔在地板上。我从那上面跳过去，进入了室内。

"呜！"

室内有一股难闻的异味。我知道这种气味。在战场上，当火焰咒语在战壕内肆虐过后，就会闻到这种气味——

"……"

又一次，我只能呆怔怔地站在原地。显然，已经为时已晚。

在房间的正中央，曾经住在这里的人类，此刻只能被称为"物体"。就像烤过的木炭一样呈现烧焦的白色，正在嘶嘶地冒着烟。

在密室里被烧死的尸体，而且是死于超高温的焚烧。这个不起眼的死者，只不过是普通的大会参加者……

"这到底是怎么回事……"

我的大脑几乎一片空白，然后在这时，突然一个激灵——

我意识到了一种可怕的可能性。

不起眼的、普通的人——换句话说，难道……

"不、不可能……"

在闷热的高温中，我仍然战栗不已，只觉得背脊一阵发冷。

"难道说……如果不只是这里！"我一边喊着，一边跑出房间。

▼
2

就结果而言，被烧死的尸体多达四十七具。

我站在摆放这些尸体的大厅里，独自承受绝望的折磨。

我不禁想起了昨天的事。

当我因为要担任比赛裁判而感到紧张的时候，有一位老妇人向我搭话。

"哎呀,你很慎重。"

那句话缓和了我的心情,她的笑容也深深地印在我的脑海里。

我还不知道她的名字。

但是,当幸存者们在悲剧发生后聚集在一起时,我没有看到她。

我只能认为,她就在大厅里的四十七具尸体之中。

这到底是怎么回事啊?

为什么无法挽回的事情会如此——如此理所当然地连续发生呢?

当时离开房间后,我立刻跑去找委员会的警卫,命令他们马上去敲紫骸城内所有人的房门,而且逐个开门时要注意避免爆炸。

"上锁了?已经发生事故的房间是不会上锁的。因为如果室内的人死了,对生命产生反应的魔法钥匙就不会起作用!"

接下来,就是大混乱。

被烧死的尸体,接二连三地被发现了。

最后,发生爆炸的只有我最初发现的那间,其他的都只是房间里的人被烧死了,并在周围留下烧焦的痕迹。

很明显,这是物理魔法攻击——但是,为什么他们没有尝试防御呢?

我茫然地站在摆放尸体的大厅里。

就尸检的情况来看,在我正式获得调查权之前,他们就已经死了——没能赶上。

"可恶……"我打从心底里憎恨自己的无能。

多达半数的大会参加者及三成的相关人员在一夜之间被杀害。这已经超出了杀人事件的范畴。

这完全就是……大屠杀。

"哎呀,真是壮观啊——"

一个异常欢快的声音响了起来。我甚至用不着回头去看,那个声音,清晰悦耳得让人心生厌恶。

"你好,弗罗雷德上校!事情似乎变得很严重呀?听说是你来负责调查这一系列事件吧?"

双胞胎中的一人——基拉斯特尔带着爽朗的微笑走了过来。

他的姐姐站在远处,一脸茫然地看向我们。

对于摆放在周围的大量尸体,两人都表现得无动于衷。

"……"

见我不说话,基拉斯特尔就蹲在其中一具尸体旁边,用手指描绘着眼看就要触碰到尸体表面的位置。他的动作优雅,就像在弹奏乐器。

这是在进行分析。片刻之后,他发出了"呵"的一声感叹。

"嗯,击中死者的法术非常简单。只是普通的火焰咒语,就连小孩子也能施展的基础魔术中的基础。前来挑战极限魔导的人,居然会如此轻易地被这种咒语烧成灰烬……这是怎么回事呢?"

第四章

那逗趣般的语气让我火冒三丈。

"你到底想说什么！你是打算帮我解开这个谜题吗？"我怒吼道，接着就听到米拉洛菲达的轻笑声从远处传来。

她的弟弟抬起头来，对我说："上校，你最好小心点。"

"什么意思？"

"那个慈祥的老头儿应该警告过你，不许让我们立功吧？"

他的语气，根本就是把沃尔哈夏公爵当成傻瓜。

"如果你征求我们的意见，就会引起那个老头儿的反感。这关系到希西巴尔的未来吧？必须慎重行事，对吧？"

我只觉得一腔怒火往上蹿，眼前也变得一片漆黑。

"多管闲事！你们早就知道会有这么多人死亡吗？"

"不，我们根本没想到。"

基拉斯特尔耸了耸肩，但没有半点发怵的样子。

"我只能说，死去的这些人，都是缺乏经验。"

他微微一笑。

这两个家伙和行会的大人物们有截然不同的宗旨，他们对人的死亡不以为意。

"你还真敢说……你们就这么有信心，自己绝对不会被杀死吗？"

"啊？"

对于我愤怒的提问，基拉斯特尔露出了意外的表情。

"你在说什么啊？"

133

看他的表情,似乎真的听不懂。就在这时,我的背后突然传来一个声音。

"基拉斯特尔,他的意思是——"

不知何时,姐姐米拉洛菲达已经来到了我的身后。

"'难道你相信,人类没有死亡的命运吗',他问的是这个。"

"嗯?你这个问题也太不可思议了。我当然不相信这种荒谬的论调。任何人都会死亡——我也不例外。"基拉斯特尔一脸正经地说着莫名其妙的话。

"我会被杀死,你也会被杀死,姐姐也会被杀死,大家都会被杀死——我不知道死亡会发生在这座紫骸城内,还是发生在我们离开这里之后,但这个世上不存在不会被杀死的人。我们生来就是为了成为杀人事件的受害者。"

在我看来,这就是无聊的文字游戏。我觉得气不打一处来,就反驳道:"所有人都会死,这就等于所有人都是被杀死的——所以,你是打算说凶手是'神'吗?这真是老套的宿命论啊。"

但是——

"不是的。"基拉斯特尔立刻回答。

"我们之所以会死,是因为自身的愚蠢。"

"……"

"把责任推诿给神,这就是自私自利了。杀死人类的,是他人的无意识,而这个加害者也将会被其他无意识的加害者杀死。每个人都是受害者，因此，每个人也都是凶手。"

他用平淡的语调讲述着近乎无法理解的道理，仿佛在歌唱一般。

"我们是否越来越接近真相了？还是说我们只是在同一个地方不停地打转？如何才能打破这个无聊的循环呢？你认为我们应该怎么做呢？"

对于这些问题，我甚至不理解他到底在问什么。

"既然你说'无意识'不好，那就去建立意识吧。"虽然不理解，但出于对抗意识，我还是试着这么回答了。

这时候，站在我身后的米拉洛菲达突然轻轻地抱住了我的胳膊。

"好。"她在我的耳边低声说道。

"正是如此——我们必须意识到，自己是恶意的集合体，是恶意的奴隶。"

那甜美的声音伴随着叹息，轻轻地挠着我的耳朵。我只觉得背脊在颤抖。

呜……

这种颤抖不一定是单纯的战栗。一种摇摇欲坠的感觉，似乎正从脚下向上爬行。

"你知道世上最绝望的事情是什么吗？"

"你在说什么啊？"

我正在向她确认，弟弟就突然问道："英雄先生，你是在什么样的环境下长大的？"

"我的母亲是军人，父亲是商人……这又怎么了？"

"既不是贵族的亲戚，也不是被歧视的阶层？"

"是啊，这又怎么了？"

"不，这样的话你应该就知道——这世上最绝望的事，既不是没有救赎，也不是只能生活在恶劣的环境中——面对这些苦难，或与之战斗，或向其屈服，就此选择卑屈的生活方式，总归是有路可走的。但是，如果从一开始就处于不好不坏的环境，反而就意味着没有任何道路值得开拓了——只能满足于敷衍了事，即便心里还隐藏着恶意。"

这个人又开始说莫名其妙的话了。

"你到底想说什么？"

"我们——"姐姐又在我的耳边低语，"和大部分的费尔法斯拉特一样，在中庸的环境里出生，在温水般的生活中长大。我们的父母健在，即使离开了我们，他们也仍然过着平凡的生活。"

"然而，不幸的是，如果要平凡地生活，我们作为魔导师就过于出类拔萃了。如果要和周围的人们走上相同的人生道路，我们就太过异常了。但是，因为无聊的偏见，拥有'费尔法斯拉特'这个名字的我们，注定会在魔导师的世界遭到冷落。不过，归根究底也是仅此而已。魔导师行会，最终也只不过是一个平平无奇的社会。无论走到哪里，等待我们的终究只有恰如其分的未来。"

"我承认你们很有才华。你是想说，你们是为了得到合理的待遇，才成了与以前的环境毫无联系的战地调停士吗？"

第四章

听了我的问题,两人不约而同地笑了。

"不不,问题不在那里!"

"问题是我们想知道,人们是否真的在追求他们应当选择的'安定',这是'本能'所追求的吗?"

"魔导的研究,最终就是对怨念和恶意的研究——既然存在这种热情,为什么人们还能若无其事地保持'平稳'呢?我们就是想知道这一点。"

"在极限状态下,必然存在于人类内部的'本能',是否真的想要选择'平安'和'平稳'呢——为发生冲突的双方充当中间人的战地调停士,就是进行这项研究的最佳选择。"

姐姐又把身子挨过来,依偎着我。

肌肤的柔软和燃烧般的热度传递过来,我再次感到狼狈不堪。

呜呜呜呜……

"人类这种生物,面对自己创造的这个无聊、不透明、混乱的世界,最终会朝着哪个方向发展呢?是'好'还是'无益'?"

我再也无法忍耐,面向米拉洛菲达,语气强硬地说:"——住手!"

在不安的驱使下,我不由得粗鲁地将手臂从她的束缚中挣脱出来。

她显得有些惊讶,但很快又露出了从容的微笑。

"呵呵。"

"看来你是通过和恶意不断斗争,进而开拓前路的类型。这也是

137

好事，你应该有充分的觉悟了。不过，这将会是一条艰难的道路。"

"……"

见我不说话，弟弟又开口了："看来你确实受到了那个希斯罗·克里斯托夫的影响，因为他也是那种特意选择艰难道路的人。"

"但是，你缺少了 E.T.M 来支持你。"米拉洛菲达嘟哝了一句。

"那个E.T.M到底是什么东西？"

这是一直让我在意的问题，姐姐却只是用沉默作答。

"……"

也许是心理作用，她的表情显得有些阴郁。

原来这个女人也会露出这种表情——当我这么想的时候，弟弟就笑着回答："那个E.T.M啊，不是以恶意，而是以讽刺为武器，换言之，就是我们的天敌吧。"

但我还是完全听不懂他在说什么。

"你在说什么？"

"只要不畏惧曲折，坚定意志，总有一天就会变得正直吧？那个'俄菲翁的孩子'。"

从他苦笑的表情中，我无法读出任何含义。

▼
③

我离开摆放遗体的大厅，回到大家聚集的地方。

第四章

即便现在发现了无数尸体,紫骸城那昏暗、空旷、没有尽头的回廊,仍旧像初来乍到时那样,持续不断地给我带来压迫感。

无论走到哪里,都无法到达光明的地方,根本就没有光,这里是永远只有阴影存在的地方——我仿佛听到紫骸城在这样诉说。倒不如说,这种印象更符合现在的状况。

"……"

我又一次感到呼吸困难,仿佛有什么东西从喉头往上涌。当我孤身一人的时候,这种感觉就一定会出现。

总觉得喉头发涩……

既然我们所踏足的地板之下空无一物,要是某一天把地板给踏破了,我们就会坠落无底的黑暗之中——我不禁要被这种不安支配了。

但是,我的坠落不必等到"某一天"。

"弗罗雷德上校,有个问题必须要你回答。"

刚回到大家聚集的地方,警卫队长就向我逼近。

不只他一个人,几乎所有的警卫突然就把我包围了。

他们的眼神充满了杀气。

"什、什么事?"

我有些畏缩,正想往后退的时候,我的身后也立刻站了一个人。

我的肩膀和手臂被抓住了。

"听说你能随心所欲地操纵拟人器U2R?"队长的眼神非常

锐利。

"不是操纵，我和他——"

"他？你怎么把那东西说得像人似的？那是机器，只不过是工具而已。你就是把它当成人类对待，让它沾沾自喜，然后在我们不知情的情况下把它拉拢入伙了吗？"

我想起事先没有和其他人提及和U2R合作的事。难道我们的合作也会以这种形式成为不被信任的原因吗？

"我、我没有这个意思。我们只是出于共同的目的——"

话没说完，我就看到对面有些不寻常。

仍旧化装成特里亚兹的夏欧被封印魔力的锁链束缚着。

在她的脚边，U2R倒在地上，似乎是被切断了动力源。

夏欧还被堵住了嘴巴，和我四目相对的瞬间，立刻"呜——"地呻吟了一声。

"你、你们到底想干什么！"

我叫起来，但警卫们只是用布满血丝的眼睛瞪着我。

"每个单间理应都是上锁的。在密室状态下，受害者不可能被他人烧死。这么一来，凶手就只会是有能力开锁的拟人器及其同伙。"

队长压低声音说出的这番话，让我倍感愕然。

"这、这太荒唐了！提议要调查杀人事件的人就是我啊，你们不是根本没打算采取任何行动吗？！"

"你这么做，可能是为了事后蒙混过关。但是，其他人就绝对做不到,所以你找任何借口都没有用!"

抓住我的人更用力了。

"喂,别干这种蠢事!你们这么做的时候,真凶还在悠然自得地策划下一次谋杀——"我正要抗议,却又被强行堵住了嘴巴。

转眼间,束缚的锁链就缠住了我的全身。

锁链陷进肉里,发出摩擦的声音。疼痛让我几乎要大叫起来,但我被堵住了嘴巴,就连叫喊都无法做到。

"你们被拘束了!在离开这座城塞的期限到来之前,你们没有任何行动的自由!我不会立即杀死你们,我会对你们进行彻底的调查!是的——"

队长的脸上浮现出一个抽搐般的笑容。

"你们将会在这座紫骸城的'拷问室'里,接受各种深入骨髓的调查!"

*

任何抗议都是徒劳,我们被强行拖进了紫骸城最深处的楼层。

途中,和我一起被带走的夏欧,从伪装的空隙向我投来了异样的目光。

"……"

当然,虽然没有语言上的交流,但那双眼睛在向我诉说。这绝不是责备,而是——

"……"

我察觉到她的意图,点了点头。这是不可避免的。

夏欧紧闭双眼,仿佛要把目光从我身上移开。

她那被锁链束缚的身体猛地向后仰。

下一瞬间,特里亚兹那微胖的身体就变成了一具空壳。

"怎么回事?!"

担任警卫的魔导师们开始焦急,但为时已晚。

盗贼夏欧的动作非常快,一瞬间就贴到了天花板上,接着又顺势一蹬,眨眼间就跃出了所有人的包围网。

"女人?"我听到了惊叫声。

然后,有人朝夏欧施放了爆裂咒语,但只要她躲开,这些攻击就会被紫骸城的墙壁尽数吸收。以拖住敌人的脚步为目的的霰弹状攻击在这里是没有效果的。

夏欧早就看穿了这一点,所以才会采取这种行动。

"对不起!"

她的声音从包围着我的魔导师们的对面传来,然后就消失得无影无踪。我知道有几个人慌忙追了上去。

但是,这群人之中恐怕没有人能抓住她。毕竟,她是大盗凯欧的孙女。

我只希望她能顺利行动……

只有依靠她去阻止连环杀人魔的暴行了。

我闭上眼睛,为她祈祷。

"那、那究竟是怎么回事?"

有人抓住我的衣领质问。

然而,被堵住嘴巴的我又能怎么回答呢?我忍不住眯着眼睛笑了起来,结果就被狠狠地揍了。

他们比刚才更粗暴地将我撞倒,然后拽着我往前走。

等待我的,是一场让我不愿多想的噩梦。

"你没有E.T.M。"

不知为何,我突然想起了米拉洛菲达所说的话。

我知道,我终究无法成为真正的英雄。正如现在我所处的这个境况。

但是……

但是,如果我是希斯罗那样真正的英雄,而且那个什么E.T.M也在这里的话,即使是这种泥沼般的地狱也会有办法出去——是这样吗?

『打败一个敌人，你就是胜者；打败十个敌人，你就是强者；打败一百个敌人，你就是英雄；打败一千个敌人，你就是统治者；打败所有敌人，你就是神。

然后——要是自己也被打败了，那你就只是一个恶徒。』

——出自《魔女的恶意》

第五章

inside
the apocalypse
castle

紫骸城事件

1

欸，怎么会这样？！

乌兹·夏欧在拼命逃跑时，被凶手那让人无法招架的恶意吓得双腿打战，差点要跑不动了。

他们完全没有料想到，一展开调查，就遭到了这样的反击。就连行会高层及其下属的愚蠢程度都在对方的预判之内。

果然是内部人员所为？但是，只有我一个人的话……

即使知道她会独自逃走，弗罗雷德也没有表现出丝毫的愤怒。不仅如此，目送她离开时，他的眼神里还写满了信任，仿佛在说"拜托了"。

一想到这里，夏欧就感到胸口一阵刺痛。作为一个盗贼，如果说逃跑的时候，根本没有半点保全自己的意识，那就是睁眼说瞎话。

然而，弗罗雷德在充分理解这一点的情况下，仍然把未来托付给她。

夏欧从来没有得到过如此深厚的信任，也没有信心去回应。

追兵几乎都被她甩开了。这座紫骸城本来就大得离谱，根本不会缺少适合逃跑和躲藏的地方。与此相对，追兵的人数并不多。以她的能力，持续潜伏好几天也不成问题。

至于食物,虽然传送的时候带不进来,但凭着盗贼的素养,入城之后她就已经预先从仓库里偷取了食物。

但是……要就此持续潜伏,直到传送咒语启动的那一刻吗?

可恶,该怎么办啊?

要设法救出弗罗雷德,寻找逃离紫骸城的方法吗?

但是,这种天真的想法,凶手会允许吗?

到底该怎么办……

*

"你是说,特里亚兹逃走了?"

沃尔哈夏公爵听完报告后,并没有怎么生气,只是平静地说:"罢了,反正那家伙又不能做什么。只要不放松警惕就不会有问题。"

"我知道了。" 前来报告的警卫立刻说,然后退下。

为了避免造成受害者遇害时的密室状态,公爵敞开了居室的大门。不过,房间本身非常宽敞,所以说话声并不会传到外面去,房间也没有失去厚重感。

警卫就在公爵所坐的座位旁边把守。

大会裁判长佐恩·唐战战兢兢地出现在那里。

"呃……我有要事要启禀公爵阁下……"

"怎么了?" 沃尔哈夏冷淡而平静地问道。

"是、是这样的……"

佐恩·唐犹豫了一会儿，最后还是下定决心，抬起头来，用微弱的声音说："弗罗雷德上校恐怕是无辜的。"

"嗯？"

"他并没有，呃……动机。更何况就他的立场而言，为了他的祖国，他是不允许在本届大会上出洋相的。他之所以极其认真地对待裁判工作，甚至主动承担本次事件的调查工作，也是出于这方面的原因——"

佐恩·唐仍然信任弗罗雷德。而且，从逻辑上来考虑，他认为弗罗雷德不可能是凶手，所以才鼓起勇气来申诉。当然，最大的动机是不想被真正的凶手杀死。

"所以呢？"听了他的话，公爵依然保持着平静的语调。

"如果他是无辜的，那又如何呢？"

"啊？"佐恩·唐惊讶地张大了嘴。

沃尔哈夏对此毫不在意，继续说道："假设弗罗雷德上校是无辜的，我们就能找到另一个凶手吗？在此期间，我们魔导师行会不就会陷于无休止的混乱之中吗？在那群蠢货之中，甚至已经有人开始嚷嚷事件的责任在我。我们必须尽快抓住凶手，平息大众的不安。我难道有说错吗？"

"你的意思是……"

"上校是否真的有能力与U2R共谋和实施犯罪，这些都是次要的。听好了，我们现在是在举办极限魔导大会，而这个大会将会左右行会今后的运营方针。我们必须避免进一步的混乱。如果凶手就在大会的参加者之中，不管他是什么人，魔导师行会都必定会受到致命的影响。因此，为了减轻这种影响，凶手必须是一个会让人忘记行会责任问题、足以震惊全世界的'人才'。比如，某个有名的英雄，而且和行会关系不大。"

沃尔哈夏的声音始终很平静。

但是，佐恩·唐听了他的话，原本就无法控制的表情开始剧烈抽搐，脸色也变得苍白起来。

"既、既然你这么说——那、那么，你打算如何处理真正的凶手呢？无论我们把谁当成凶手，真正的凶手都不会放过我们啊！"

听到这如同悲鸣的声音，公爵仍然平静地说："凶手就是杀手吧？那我们就利用杀手来查出他的真实身份。杀人魔的心理，肯定还是杀人魔最清楚。接下来，我们就只需要秘密地抓住真正的凶手，然后把他处理掉。"

这平静的回答，让佐恩·唐的脸涨得通红。

"难、难道——公、公爵！万万不可啊！你是要唤醒那家伙吗？要是这样做，行会才真的会……"

"有什么好怕的……那家伙的身体几乎都已经石化了。我们只是听他说说话罢了。"

"问题不在这里！如果被世人发现，那个被全世界憎恨的恶鬼现在就在行会手里，我们就完蛋了！万一被七海联盟发现此事，要怎么办呢？'米拉尔·基拉尔'现在就在这里啊！"

"那两个家伙应该被软禁了，不可能刺探出这个秘密。当然，你也会守口如瓶吧，佐恩·唐？"

这是公爵第一次从正面看向佐恩·唐。

"就算你是'死人'，也不会想迎来第二次死亡吧？也许以前的你，就是因为插手没必要的事，结果就从这个世上消失了。"

佐恩·唐无言以对。

"我认为自爱是这个世上相当可贵的美德之一，对此你是否有异议呢？"

沃尔哈夏那张刻满了防老化纹章的脸上，只有眼睛在炯炯有神地盯着曾经死去的男人。

佐恩·唐早就觉得自己的"死因"有可疑，没想到魔导师行会本身就是……

但佐恩·唐没有胆量说出自己的疑虑。

"——不，不，我认为……你所说极是。"他能做的，只有懦弱地低垂下脑袋。

*

几乎在弗罗雷德上校被捕的同时，以协助调查的形式，双胞胎也被关在了紫骸城的某个角落。即使两人处于当下意味着危险的密室之中，他们的脸上也没有表现出一丝动摇。

"哼哼……行会到底有何企图呢？"

弟弟靠着墙站立，漫不经心地看着对面墙体上雕刻的旋涡状图案。

"应该不是真的以为弗罗雷德先生是凶手吧？他们也不至于愚蠢到这种地步。但这样一来，他们是打算怎么办呢？"

"恐怕——他们是打算亮出王牌了。"坐在椅子上的姐姐平静地说。

"王牌？难道他们是打算召唤那个已经变成了石头的列库马斯吗？真是丧心病狂。"

"他们本来就没有理智可言。"姐姐立刻就回应了弟弟的这个意见。

弟弟大笑起来。

"你说得对！不过，列库马斯会理解这一系列事件的凶手的感受吗？"

"行会肯定以为杀人魔都是一样的。而且——他们或许也以为，无法驳倒列库马斯并不是因为自己愚蠢，而是因为他是个了不起的天才。"姐姐淡淡地说。

如果刚才还在讨论同样话题的沃尔哈夏和佐恩·唐之中有任何一人在场，他们一定会惊讶得瞠目结舌。

对于行会隐藏的绝对机密，这对双胞胎似乎连细节都了如指掌。

他们都知道，但没有采取任何行动，甚至没有向两人所属的七海联盟进行汇报。

"原来如此，这是有可能的。像沃尔哈夏那种自恋狂，的确会产生这样的误会。但实际情况如何呢？列库马斯的头脑有多好使呢？"

"至少在列库马斯看来，他比自己所杀的数万人都要聪明。"

听了姐姐的话，弟弟点了点头，然后感慨地说："毕竟是历史上臭名昭著的暗杀王朝的最后继承人——列库马斯·雷里希嘛。"

弟弟用开玩笑般的语气嘀咕道，姐姐冷冷地补充了一句："准确地说，是他的亡灵。"

2

曾经有一个王朝，通过暗杀的手段击退了所有敌对势力。这个王朝的名字叫雷里希。

据说第一代雷里希，是为对抗暴虐的前王朝而建立的抵抗组织的副官。为了对抗强大的施政者，他不得不采取各种手段。虽然他本人最后在战斗中丧生了，但是他的儿子继承了衣钵，而且出于父亲被杀的复仇心理，变得非常疯狂。"既然有打倒恶毒统治者的大义名号，当然就可以不择手段"的意识也随之固定下来。

劫持人质，逼迫敌人接受要求后，就对人质进行虐杀，再设法让被激怒的敌人杀死无辜人士，以此引起周围的反感——上述做法逐渐变成了顺理成章，甚至在最终夺取政权后，这种情况也没有改变。当时，处于雷里希势力范围周边的各国都在觊觎这个新王朝，企图将其据为己有，而且在王朝内部，反对这种高压手段的声音也不绝于耳。针对这些问题，雷里希王朝采取了一种策略：充分利用已经改进和完善到艺术高度的、关于杀戮效果的可怕秘诀——"杀谁，怎么杀，会有什么样的效果"。

人们在血泊之中为它取了一个名字——"暗杀王朝"。

于是，"雷里希"这个名字成了"必杀"的代名词，直到现在也没有改变。

这个暗杀王朝在第七代也就是最后的国王列库马斯·雷里希的时期到达了巅峰。列库马斯·雷里希本人就是一名优秀的战斗魔导师，他杀人如麻，甚至被称为咒斗神李·卡兹的再世。

延续到第七代的雷里希王朝，听起来似乎很漫长，但实际上不到二十年，王朝的所有时代就结束了。在此期间，只有六位国王相继死去的过程，其中还有被当上下一任国王的弟弟或妹妹杀害的例子。列库马斯也不例外，同样是杀死了好几个血亲。

不过，据说列库马斯也像过去被他们打倒的前政权那样，最终被推翻，满门家眷包括妇孺在内都被消灭干净了。

据说这个血统，现在就勉强只有旁系的旁系——作为地下社会的情报贩子而闻名的扎伊拉斯家族还幸存了。

"不过，自称为'侯爵'的扎伊拉斯家族，肯定做梦也想不到列库马斯竟然处于假死状态，而且还被魔导师行会扣押起来了。"

沃尔哈夏罕见地露出了明显的愉快表情。

"史上最疯狂的杀手列库马斯·雷里希，据说他身为国王却一马当先，亲手干掉了五千多人。如果把他命令部下杀死的人数也计算在内，他就等于消灭了接近一百万人——确实是值得被称为'李·卡兹再世'的男人。"

公爵率领着他的一班贴身警卫，站在紫骸城的无数个大厅之一、为了方便起见而被称为"百面之间"的地方。

"唉……"站在旁边的佐恩·唐的脸色仍然不好。

然后，这个大厅的墙壁上浮现出无数怪异的东西。相较之下，就连佐恩·唐的异相都会变得不起眼。

那只不过是墙壁上微妙的凹凸，在周围光线的照射下形成阴影的结果——但这些东西，都有几分类似人脸。

所以，感觉包围这片广阔空间的墙壁上，就像密密麻麻地陈列着类似人脸的东西，它们几乎融入阴影之中，仅仅将视线投向站在那里的人——

"……"

佐恩·唐尽量不去多看墙壁，但沃尔哈夏却满不在乎。要是介意他人的视线，或许就无法成为掌权者了。

在大厅的中央，现在有一个魔导师行会统帅三代传承的小吊坠。

这个吊坠的奇妙之处在于，它只镶嵌了一颗石头。石头周围的装饰显得做工奢华，但中央作为核心的那颗石头看起来却不是宝石，只是一颗普通的小石子。

"……"

但是，佐恩·唐知道那颗"石头"是什么东西。在他看来，宝石与之相比，只不过是矿物而已。

毕竟——那颗"石头"正是列库马斯·雷里希被石化的身体的一部分。

放置吊坠的地方，还描绘了以吊坠为中心的魔法阵。

这个和任何魔法阵都不相似的奇怪纹章，将会发动一种与雷里希联系的特殊咒语。

当魔导师行会的统帅们感到为难的时候——尤其是出现了"要杀人还是被杀"这种重大问题时，就会像这样进行召唤，向列库马斯寻求建议。

"化为石头的静止生命，在亚空彷徨的精神残渣，以碎片为依代[1]，凭借暂且的姿态，即刻在此现身！"沃尔哈夏低声吟唱咒语。

这个情景让佐恩·唐感到有些不快。总觉得沃尔哈夏看起来充满活力。

他似乎很享受，自己有权运用对全世界隐瞒的机密——甚至让人

---

1 "依代"指神灵附身之物。——译者注

觉得，他太过享受了。

所谓掌权者，无论如何都会得知别人不知道的机密，有时候也会不得不运用这些机密，这是不可避免的。

但是，如果变成了以此为乐趣——如果"运用机密"本身变成了目的，是否就会遗漏"最好避免这种情况"的观点呢？

现在的沃尔哈夏，难道不正是表现出了这种倾向吗？

他之所以没有重视目前为止发生的事件，又强行逮捕弗罗雷德，就是为了得到召唤雷里希的机会，如果这才是他的理由和目的……

但佐恩·唐认为，即使这是事实，自己也无能为力。

当沃尔哈夏吟唱咒语的时候，摆放在魔法阵上的"石头"开始发出微弱的光芒。

光芒时强时弱，就像脉搏在跳动似的。

一股类似血腥味的奇怪气味从整个魔法阵里飘荡出来。

佐恩·唐不知道那是什么气味，但考虑到这种魔法的性质，他认为那是大约一百年前，列库马斯·雷里希几乎被杀死的那一刻，在他的周围弥漫的气味。

至于那是什么气味，佐恩·唐不太愿意去多想。

不久，这道光芒的脉动呈现出了一个形状。在微弱的光芒之中，逐渐凝固成一个模糊的物体——既不是影像，又不是蜃景。

那个物体呈现出人的形状，但这个人形却缺少了一半的身体——没有腰部以下的身体。但这并非幽灵没有腿脚的状态，而是露出了被强行扭断的截面。

它飘浮在空中，就像被人从上面吊下来似的。

这个形状的石像一定藏在这个世界的某处。不过，它的存在是绝对机密，即使在行会里也几乎无人知晓。

弥留之际，身体被魔法变成石头，随后就这样被隐藏起来。既不能死，又谈不上继续活着——在某种意义上，这也算他为一生的杀戮，接受永远的惩罚，但是与这个秘密有关的所有人，根本就没有这种道德上的考虑。

行会感兴趣的，只有雷里希掌握的那些暗杀诀窍。至于被石化后，只有被召唤时才有意识的列库马斯·雷里希在考虑什么事情，那就只有他本人才知道了。

浮现在魔法阵上空的幻影，缓缓地睁开了双眼。然后，缓缓地活动脖子，开始环顾四周。接着，两端的嘴角开始上扬，最后变成了满面的笑容。

"这里——难道是紫骸城内吗？"

幻影的声音格外清晰，不同于他那海市蜃楼般的身姿，有一种浓厚的现实感。

"是的。列库马斯·雷里希，我有事要问你，所以就这样把你召唤出来了。"

沃尔哈夏告诉幻影，同时毫不掩饰地露出了些许——不对，是显而易见的得意扬扬的表情。但是，幻影没有回答，而是四处张望。

"我也曾经祈愿过,希望自己有机会参加极限魔导大会,但当时的行会不可能把这样的权利给予一个偏远之地的国王——哎呀,真没想到我会以这种形式进入紫骸城的内部。"

幻影自言自语道,似乎感慨万千。

"这就是李·卡兹的城塞吗?啊,这种存在感是多么的幽深。"

他就像一名歌唱家,嘹亮的声音响彻了整个大厅。

"随便你怎么感动,列库马斯,但你必须服从我的命令。"

"啊——沃尔哈夏先生,你那防止老化的纹章似乎又增加了?这么看来,距离上次已经有大约二十年了吧。"

"你有时间观念吗?"佐恩·唐忍不住问道。

于是,幻影看向他。

"嗯?哎呀,你好像有了不少变化,佐恩·唐先生。眼神简直判若两人——你该不会死了有一两次吧?"

在佐恩·唐看来,这是他们初次见面,但对方似乎认识以前的自己。

"为、为什么你会知道?"

"以前的你,表情会更显愚笨。这种愚笨并不是凭借努力就能抹去的。以前的你,是'笨蛋不死就治不好'的典型例子。你死了是件好事,佐恩·唐先生。"

他轻描淡写地说出这番失礼至极的话。

"这些都无所谓。"沃尔哈夏插嘴道,"我们现在正在和杀人魔战斗，所以，我要你查出他的真实身份。"

"紫骸城里的杀人魔吗？难道不是李·卡兹的诅咒？"幻影哧哧地笑道。

佐恩·唐意识到自己的脸在抽搐，于是幻影立刻说："这个表情不错，佐恩·唐先生。没有确定感情的'死人'的面貌，正是最适合用来表现这个不合理的世界。"

"死人"不知道该如何回答，只是屏住了呼吸。这时，沃尔哈夏扬了扬下巴。

"无聊的对话到此为止。佐恩·唐，把大致的情况告诉这家伙。"

"呃，是，阁下。"

面向半个身子被撕碎的幻影，佐恩·唐说明了事件的经过。

"在本届大会的参加者之中，尼加斯安格是最强的吗？"在听说明的途中，雷里希问道。

佐恩·唐犹豫了片刻，随即坦率地回答："普遍的观点是他不算强，只是彻底防守……不过，我认为他很强。"

雷里希点了点头，催促道："嗯。继续说吧。"

接着，佐恩·唐依次详细说明了拉马德大师被杀害，以及发现了大量被烧死的尸体等事件。

"这是大会参加者的完整资料。凶手肯定就在参加者之中。"

为了方便雷里希，佐恩·唐施展咒语，与上述资料相同的幻影浮现在雷里希的面前。

"谢谢。"

雷里希用被血染红的手拿起了出现在眼前的资料,开始阅读。

他阅读的速度快得吓人。

即使是速读,他的速度也太快了。不到一秒,他就已经翻到了下一页。

不知是哪里好笑,他偶尔会发出咻咻的笑声,但手上的动作并没有停下来。

没花几分钟,他就把资料全部读完了。

"确实非常有趣。"幻影自顾自点了点头,"确实……这是一起有趣的事件。"

"你知道凶手是谁了吗?"佐恩·唐急忙问道。

但是幻影没有回答,而是转向了沃尔哈夏。

"只有一点——只有一点,我非常明确。你知道是什么吗?"

"?"

这个突如其来的问题让所有人都皱起了眉头。一时间,沉默笼罩了整个大厅。雷里希就像要充分地确认这种空白的效果,过了一会儿才终于开口。

"是动机。"幻影平静地说,"这一系列事件的凶手是出于什么样的动机,以致实施了一连串的谋杀——只有这个理由展现得非常明确。"

"什、什么?到底是什么?"

"凶手是在表明意愿。他只是在说'魔导根本毫无用处'。无论凶手是何人,他的目的就是要断定,'现代的魔导师行会的技术毫无用处'。"

幻影语带嘲讽,似乎在说自己也持有同样的意见。

"这简直就像'米拉尔·基拉尔'所说的话——难道他们就是凶手?"

"那对拥有费尔法斯拉特之名的双胞胎吗?我很想会会他们。他们是否真的继承了李·卡兹的血脉,我对此很感兴趣——"

"但是……'米拉尔·基拉尔'从一开始就公然挑衅行会。他们没有必要特意动手杀人,况且还有七海联盟作为后盾。"

听了佐恩·唐的话,雷里希就说:"幸好他们不是凶手。"

"什么意思?"

"如果他们愿意,很可能还会推动魔导师行会和那个什么七海联盟军——我死的时候这一势力还不存在——之间的全面战争。不是吗?"

这个如同妄想,但鉴于"米拉尔·基拉尔"作为战地调停士的经历却又极具说服力的结论,让所有人都沉默了。

"我不关心'米拉尔·基拉尔'的事,你就说你知道的。"沃尔哈夏不高兴地催促道。

"好吧……首先你们必须认识到,紫骸城这个环境,从根本上来说是不适合杀人的地方。"

"不适合？但实际上……"

"暗杀有几条铁律，其中一条是'尽可能让事件、自己和受害者看起来毫无关系'。但是，在进入这座城塞的时候，你们所有人就都与极限魔导大会产生了这一共同关系，根本就没有办法不被怀疑。此外，有一条铁律是'确保暗杀结束后的退路'——这在紫骸城内也是非常困难的。任何一个头脑清醒的杀手都绝对不会选择在这种地方下手。"

"你、你的意思是，这不是专业杀手干的？"

雷里希无视了佐恩·唐的问题。

"暗杀的关键不在于技术，而在于想象力。从行动推导结果——这一事前计划会决定成败。事先想好暗杀方法，才称得上暗杀的奥秘。这次的事件，乍一看受害者似乎是以不同的方式被杀害——但是，他们被害的方式有一个共同点。有人知道是什么吗？"他又问道。

"什么？"

所有人都有些措手不及，这也难怪。全身干涸枯竭后变得支离破碎；斗篷下的背部不知何时已经被冰柱刺穿；在超高温下被烧死，变得如同白色的木炭——每种被害方式都很独特，根本看不出任何相似之处。

但雷里希看起来很自信，不像是随便敷衍。

"哼，我才是提问的人。你说的那个莫名其妙的共同点是什么东西？"沃尔哈夏不耐烦地说。

幻影的脸上浮现出温和的笑容。然后，他说出了一句完全无关的话。

"在你们看来，人杀人是怎么一回事？"

"你在说什么？"

"最常见的例子，是视为经济效益的一环。战争就是其中的代表，目的是将杀人行为转化为金钱——在有利的立场上取得胜利，终究是为了在战后以有利的形式支配对方，从而为己方谋取更大的利益。在这种情况下，几乎所有实际执行杀戮的士兵都会把要杀的人视为普通的障碍物。而且，这种杀人行为不需要任何伪装。因为在战争中杀人，会有国家或与之类似的巨大势力来保证这种行为的'正确性'。"

这种超然地看待战争的说法，听起来就像用谋略和诡辩来扭曲历史的战地调停士。

"你说这个……又有什么关系？"

"再说其他的例子，比如对方想杀你，所以你不得不杀了他，这就是所谓的正当防卫。在这种情况下，同样不会被追究谋杀手段。因为自救是最优先考虑的，不会特意考虑对方。虽然在自卫的过程中，有时候会在仇恨的驱使下失去自我，但这是次要的，并不是杀人的最初目的，所以往往会变成一种不体面的杀戮。"

幻影轻轻地摇了摇头。

"至于通常所说的杀人事件的动机，是出于仇恨，从而试图斩除对方——这是怨恨。这才是最重要的。杀人行为是憎恶的结果，这是没有止境的。杀人是因为无论如何都要让对方体会到自己的怨恨，但事实上，真的杀了人之后，就什么都没有了。所以如果这种情况发生在群体之间，结果就会很悲惨。因为哪怕是这些当事人自己，都不知道他们要持续杀死多少敌人才算了结。"

听到这里，佐恩·唐吓了一跳。

"这、这就是……我们现在遭遇的事态吗？凶手对行会恨之入骨，所以企图杀死紫骸城里所有的人吗？"

听到他用颤抖的声音提出的这个问题，雷里希沉默了一会儿。

佐恩·唐忍不住问道："喂，快回答！"

雷里希装模作样地摇了摇头。

"因此，关于行凶手法的共同点，这里体现了这一系列事件的一个特征。或是瞬间变得干涸枯竭，或是被刺穿背部，或是在刹那间化为灰烬——先不说凶手如何，你们想象过受害者当时的情况吗？"

"什么？"

"这里有什么吗？这种死法对受害者的精神有何影响？答案是——零。这里什么都没有。一切都发生在一瞬间。别说痛苦了，或许他们甚至都没有意识到自己已经死了——"

幻影用温和的语气说着，环顾四周。

"以压倒性的魔力杀死了那些人，却没有给他们带来痛苦——这到底是源于什么呢？怨恨？不，要这么说的话，这里的答案是——恶意。无论你们自以为是多么优秀的魔导师，你们都要接受自己无法在这里存活的事实，这真是莫大的讽刺啊。"

"所以说，那又怎样？"沃尔哈夏终于放声喊道。

显然，能够随心所欲地操控雷里希的那份喜悦，现在已经完全消失，只剩下焦躁的心情。

"我的意思是——即使在这座紫骸城里，我刚才提到的暗杀铁律也根本没有被打破。无论是隐藏相互的关系，还是确保退路，在凶手的事前准备面前，这些东西恐怕都已经变得无济于事——"

雷里希已经不是在解释了。该怎么说呢——这简直就是他的个人演出。

"在我看来，这也许就是李·卡兹的诅咒。不仅是这一系列事件——所有的一切，所有的一切都是针对我们的诅咒。奥利瑟·库奥尔特和李·卡兹的战斗已经超越了'两名魔女的生死对决'的单纯事实，它象征着宇宙的构造本身。光与影，善与恶，万物都存在着两极分离的根源，但它们真的截然不同吗？作为魔导兵器诞生的被诅咒的人造人——奥利瑟·库奥尔特成为打倒邪恶魔王的光明使者；拥有光荣的血统，自生来就在血脉的顶峰上接受祝福的库拉斯塔汀·费尔法斯拉特——李·卡兹，却成为屠杀和蹂躏百姓的黑暗统治者，这真的是偶然吗？两名魔女如同两人合为一人，就像镜子的正反两面，以相反的形式拥有彼此的属性。她们拥有同样强大的力量，但就使用方法来说，其中一人只将力量用于抬高自己的存在意义，另一人则使用力量来帮助他人——为杀人而生的魔女在拯救世人，本应该领导世人的魔女却夺走了他们的未来——直到今天，这种讽刺不是还在给世界蒙上阴影吗？战争无疑推动了文明的进步，艺术却往往使人堕落，进而将不道德行为正当化。奥利瑟·库奥尔特和李·卡兹在战斗，而我们就只是在她们的脚边挣扎而已——"

这时，响起了一个像是吸气的声音——也许是有人想打断这段长篇大论，但雷里希没有给他开口的时间，立刻就把他的声音盖住了。

"一切都是相对的，根本没有绝对的事物？不，没有那回事。然而，世上的一切，人生的各种选择，不都是无法挽回的事情吗？这个世上没有绝对——这句话是错误的。因为这个世上只有绝对。甚至可以说，人活在世上，就是一个打破'绝对'，使之变成'可能性'的过程。不过，现在我要告诉你们，你们已经永远失去了这个机会。"

"什么东西？从刚才开始，你到底在说些什么啊？"

佐恩·唐嘶哑的声音在大厅里回响。

雷里希微笑着回应。

"暗杀中最基本的——事先制订的计划会决定成败。这根本就是教科书般的状况。凶手是谁？对于你们来说，确认这个已经没有意义了。凶手是什么人，是否在紫骸城里，这些都已经无关紧要了——因为扳机已经扣下，现在发生在这里的一切，只不过是结果而已。"

雷里希环视众人，斩钉截铁地说："你们所有人，从进入紫骸城的那一刻起，就已经被施下了诅咒——一个致命的、决定性的、绝对的诅咒。"

▼
③

"找到了！"

声音在昏暗的回廊里响起。

乌兹·夏欧闻言立刻起身，开始逃跑。警卫们也追着她跑了起来。

紫骸城原本寂静无声的回廊上，回荡起了一阵急促的脚步声。

但是，无论是追捕者还是被追捕者，都不知如何是好。

"我们的目标到底是什么？我们到底要去哪里？"

"说到底，这家伙也不是真凶吧？和我们一样，她也是受害者，只是被卷入了这一系列事件"——这些警卫也明白这一点。

就算抓住了她，事态也不会有任何进展。这不会让他们得以从可怕的事件中解脱。

干脆故意跟丢，放这个女人逃走吧——就在追捕者开始茫然地考虑这些事情时，在前方逃跑的乌兹·夏欧表现得有些奇怪。

她的双脚似乎不听使唤，动作也显得生硬而笨拙。

"哈啊！哈啊！哈啊——"

少女娇柔的喘息声显得格外响亮，而且莫名地拖着尾音。她这是难受得喘不过气来了。

但是，少女可是拥有卓越的跑跳能力、世上屈指可数的大盗贼。只是这种程度的奔跑，就让她上气不接下气，这实在不太正常。

警卫们也注意到了这一点。

眼见少女的速度越来越慢，他们已经追上她了。

"喂，你没事吧？"他们向夏欧招呼道。

这不是追捕者应该对追捕对象说的话。

然而，就在警卫们的手触碰到夏欧之前，她猛地跳了起来。

"——啊！"

但是，这个跳跃非常不自然。看起来不是夏欧主动跳起来，而是地板往上一翘，把她给弹飞出去了。

少女的身体猛烈地撞上了天花板，然后盗贼乌兹·夏欧——

"怎、怎么回事？！"

追捕者们的惨叫声响彻回廊。

*

"你说什么？"

漫长的沉默之后，沃尔哈夏从牙缝里挤出声音说道。

雷里希平静地回答："这个方法万无一失。进入紫骸城，要使用传送咒语。在那一刻，魔导师肯定会处于吟唱特定咒语的状态。是的，正是魔导师行会分发的咒符——"

这句话一出,在场的所有人都惊呼起来。

"怎、怎么会这样!这、这个咒符,我们检查过很多次了,不可能有什么诅咒——"

负责警卫的人慌忙拿出自己的符咒。

"真的能矢口否认吗?有充分的保证吗?因为念出了咒语,所以与念咒者拥有的魔力相对应的效果就会发动——就是这样的诅咒。因此,比任何人都强大的尼加斯安格第一个死去,这与他的实力相称。不过,仍旧活着的其他人,也只是时间的问题——诅咒已经侵蚀了你们。"

"假、假设真的有那种诅咒——要怎么做才能解咒?到底是什么样的咒语?!"佐恩·唐喊道,但雷里希已经没有转头看他的意思。

"不才如我,又怎么会知道这个答案呢——这恐怕真的是李·卡兹的诅咒。准确地说,这应该是紫骸城——这座为了终结奥利瑟·库奥尔特而建造的城塞的副产品。这无疑是这次使用的咒符和李·卡兹的机关产生相互作用的结果。如果只是咒符,其实没有问题。如果只是李·卡兹的机关,对于程度低的魔导师们也几乎不起作用。但是——当这两者结合在一起的时候,就发生了富有戏剧性的作用。这正是历经数百年也没有毁灭的、紫骸城城主李·卡兹那不灭杀意的胜利!"

幻影叫喊着,然后大笑起来。

"是谁干的?是谁把看似无害的咒语混入咒符之中的?这种追究

毫无意义！这场杀戮，是李·卡兹的工作！在绝对的'魔女的恶意'面前，一切只有崩溃！哼哼哼哈哈哈哈哈哈哈哈哈哈哈哈哈哈！"

那是令人无比害怕的笑声。

那里别无他物，只有一个把全部人生耗费在暗杀上，最终自己也惨遭杀害的男人。在蔓延的虚无里，他大张的嘴犹如漆黑的裂缝，发出无可救药的狂笑。

"……"

佐恩·唐和警卫们都呆住了，只能沉浸在这种如同无底洞的笑声之中。

不久，笑声却突然中断了。

沃尔哈夏上前一步，踩扁了魔法阵中的吊坠。随着"啪"的一声，"石头"变成了碎片。

同时，飘浮在空中的雷里希的幻影也消失了。因为作为媒介的石头被破坏，所以召唤出其意识的咒语也随之消失了。除非从雷里希被石化的身体上挖取新的媒介，并施加咒语，否则他再也无法恢复意识。

"开、开什么玩笑！"

沃尔哈夏发出了自以为是的怒吼，但其实只是颤抖得让人悲伤的嘶哑声音。

"简直胡说八道！什……什么决定性的诅咒！"

"两个机关的协同作用……确实是盲点……"

佐恩·唐仍旧一脸茫然。

"如果这是真的……除非有办法查明其中一种咒语的性质，否则我们就完蛋了……"

"别说蠢话！那只不过是疯狂的暗杀者的谎言！"沃尔哈夏叫了起来。

"凶手一定就在这座紫骸城里！只要抓住他，让他全部招供，一切就会结束！没什么大不了的！"

在场的所有人都看到，尽管沃尔哈夏说得很有气势，但他的指尖在微微颤抖。

这时，一名警卫急匆匆地跑进"百面之间"。

"糟——糟了！"

他的神色大变，而且上气不接下气，看上去情况非同小可。

"怎么了？！"

"那、那个——特里亚兹，不，是那个乔装成特里亚兹的女人——"

"那个逃跑的家伙？她怎么了？"

"我、我们当时正在追捕她，但、但她就在我们眼前，呃——被烧死了！"

这句话让佐恩·唐等人一时无言以对。

"什么？"

"她、她突然就被火焰包围，然后……"

*

……就像被弹开似的飞起来，撞在天花板上的乌兹·夏欧，在空中突然燃烧起来。

她的全身喷出火焰，就这样变成了一个火球。

"哇！"

刚才就要追上她的警卫们，立刻往后退。

火球落在地板上。然后一边燃烧着，一边踉跄着爬起来，试图走向警卫们。

"——呜哦哦啊啊，啊——"

好像是类似人声的声响。但是，在火焰包围全身的情况下，人还能说话吗？

警卫们发出了嘶哑的惨叫。

"呜呜，啊啊——告、告诉弗罗雷德——"

即使全身被灼烧，那个东西仍然在向警卫们所在的地方靠近。

"——告诉他，已经……无法……选择……解决……问题的……手段——让他，做决定……"

那个东西似乎还想说些什么，但刚才还在操控它的事物就像在这一刻被燃烧殆尽，只见它一下子就失去力气，倒地不起了，然后，逐渐烧焦，冒出烟来。

第五章

"……"

茫然地看着这一幕的警卫们终于回过神来,慌忙用冷气咒语扑灭了火焰。

但为时已晚,那个东西已经变成了没有生命的雪白碳化物。

*

"……这就是当时的情况。"

前来向沃尔哈夏报告的警卫仍然脸色铁青。

公爵连秃头都变得通红,浑身发抖,就像疟疾发作似的。

"怎、怎么会这样……"佐恩·唐代表在场的所有人说出了自己的感想。

"毫无疑问,凶手的攻击根本就没有理智可言——他甚至把自身以外的嫌疑人都杀死了——怎么会这样?!"

果然,只能认为雷里希所说的话是正确的吗?还是得想办法向弗罗雷德上校这位英雄求助……

就在佐恩·唐下定决心的时候,沃尔哈夏的怒吼响彻了整个大厅。

"必须采取果断的措施!"

那不再是嘶哑的声音。那是统率着十万名成员的魔导师行会最高掌权者所具有的,让他人惶恐不安的压倒性魄力。

所有人都吓了一跳，条件反射地转头看向公爵。

公爵没有和任何人对视，只是目不转睛地盯着空气。

"是啊，我还是太天真了！现在不是慢吞吞地追查凶手的时候。其他人现在怎么样了？！"

听到他的怒吼，警卫站得笔直，回答道："呃，是的。我们已经按照指示，让其他人在用作食堂的大厅里待命了。"

不知道是否听到了这句话，沃尔哈夏一边眨着布满血丝的眼睛，一边呻吟道："我要让他们知道！是啊，我要让那些胡闹的家伙铭刻于心，到底谁才是这里的统治者——我会做得不留余地！"

就像刚才雷里希的狂笑那样，沃尔哈夏的声音深处仿佛盘踞着漆黑的空虚，让听者不寒而栗。

"李·卡兹的诅咒是什么东西！紫骸城的机关又是什么东西？！我可是魔导师行会的统帅！不管是'魔女的恶意'还是什么东西，任何人都不可能伤害我！"

他不断地怒吼着，浑身散发出耀眼的生机，简直要让人怀疑他是否真的是老年人了。

尽管佐恩·唐等人因为不祥的预感而瑟瑟发抖，但没有人能够去质疑公爵的态度。

『也许黑夜终将迎来黎明，但黎明前往往也是一天当中最寒冷的时候。』

——奥利瑟·库奥尔特

第六章

inside
the apocalypse
castle

1

我之所以后来被牵扯进被称为"克奇塔失控事件"的纷争，可以说是事出偶然。

克奇塔失控事件是指三国联合开发的魔导炉被劫持的事件。事件就发生在这种划时代的魔导炉——它采纳了界面干扰学这一深奥学问的研究成果——进行运行试验的时候。

当时我还是一名中校，而且我的所属是情报统括部，所以尽管是校官，但我的手下没有士兵和士官——现在仍旧如此。战场上的士兵们认为我"只是在上面发号施令"，部门内部却要求我"前往现场确认情报"——我就处于这种两头为难的立场。

运行试验进行的时候，我是作为希西巴尔军的监察官参与其中。而希斯罗·克里斯托夫也是作为七海联盟军的代理监察官来到了现场。当时他的军衔是上尉，还不是少校。

那时候，我只是从远处看着希斯罗，在心里暗暗想，他就是阻止了马哈拉库动乱的人？但是，当运行试验准备开始的时候，魔导炉却被早就潜伏在此的恐怖分子占领了。

"除非我们的要求得到满足，否则魔导炉就会陷入失控状态。这

第六章

样一来，不仅是这座克奇塔岛，就连周边列岛的所有国家都将遭受毁灭性的打击。为了未来的伟大成就，我们不惧怕死亡。"

恐怖分子向我们发出了这样的声明。

我一辈子都不会忘记希斯罗当时的表情。

"不怕死？"

被称为风之骑士的男人浑身充满怒气。然后，他用强大有力的声音说："不怕无关的、无辜的人死去，还谈什么'未来'！"

这番话完全是发自内心的。尽管我的军阶比他高，但本能告诉我，在这种状况下，他就是"王"，我必须服从。

其实希斯罗随时都有可能独自冲出去，但我极力劝阻，最后就变成了我们两人一起前往恐怖分子据守的地方。如果是我独自一人，我肯定只是向本国请求救援，然后就迅速逃离现场。希斯罗的勇气似乎感染了我这个胆小鬼，变成了我体内的一股力量。

首先，我作为谈判代表，高举双手出现在恐怖分子面前，和他们进行各种交涉。然后，希斯罗就趁此机会，绕到背后袭击了他们。

风之骑士强大得可怕。

我深切地感受到了这一点。眨眼之间，恐怖分子就被击败，几乎所有人质都被释放了。

但是，我犯了一个错误。

被我拦截的一名恐怖分子不仅成功逃脱了，还绑架了魔导炉的设计者之一——诺蒂博士。

179

"对、对不起……都怪我多管闲事。"我向希斯罗道歉。

但是,他没有责怪我,还反过来鼓励我。

"不,如果你没有那样做,人质就会受到更多伤害。多亏了你,我们才得以将损失控制到最低。"

逃脱的恐怖分子流亡到一个与周边各国长期断绝来往的军事国家。虽然我和希斯罗仍然坚持追捕,但如果他继续流亡,这将会成为政治问题。

但是,希斯罗只是用力地点了点头。

"这方面的事情,那家伙肯定会帮我想办法的……我们首先要做的就是抓住恐怖分子,把被劫持为人质的博士救回来。"

他这话的意思,似乎在说七海联盟擅长的幕后交易等谋略领域,要不然就是哪个战地调停士会参与其中。

我们爬上险峻的高山,前往恐怖分子逃进去的要塞。

那是一座位于溪谷的城塞,享有"坚不可摧"的美誉。就我们两人闯进去,在我看来实在太鲁莽了。但如果放任不管,希斯罗肯定又会独自闯进去,所以我只能默不作声。我确实比他弱,但至少可以给他打掩护,还可以充当他的盾牌。

当时,希斯罗就像看穿了我的不安似的,对我说出了那些话。

"听好了,弗洛斯,城塞本身并不是怪物。它只是一件工具,只不过是为了战争而准备的大型工具而已。害怕城塞本身是没有意义的。"

这些话再次深深地鼓舞了我。

希斯罗……如果是你的话……

我在模糊的思考中,想到了他。

如果你在这里的话……如果你告诉我,这座史无前例、世上最大的被诅咒的城塞也不过是一件工具……我就会——

*

——我在黑暗中醒来。

即使忍受着持续的疼痛,人似乎也会打盹。

看来我比想象中要顽强啊……

我虚弱地笑了。

这里是拷问室,我以飘浮在半空中的形式被固定在其中。无形的铁链从四面八方扯着我的手腕和脚踝,把我吊了起来。

咬进肉里的部分不断摩擦,让我的手脚裂开了好几个伤口。要是碰巧伤到了静脉,恐怕我就会因失血过多而死亡。即使没伤到静脉,这样长时间被捆绑着,血液无法流通,说不定就会引发坏疽,导致四肢末端腐烂和脱落。我只觉得疼痛已经达到了极限。

但是,仍然感到疼痛的同时,就意味着我的体内还残留着生命力。

周围一个人也没有。

一开始是有人负责监视的,但好像发生了什么事。我被抓后又过去了一段时间,那时候突然变得吵吵嚷嚷,然后就再也没有人来过了。

搞不好所有人都已经死了——这个讨厌的念头掠过我的脑海。

然而就在这时,黑暗中传来一个脚步声。

与此同时,还有金属物体发出的"嘎吱嘎吱"的声响。

我吓了一跳。

"弗罗雷德先生,你还活着吗?"

有人战战兢兢地向我搭话。是女性的声音。

我几乎陷入了一种错觉——其实我刚刚进入紫骸城,之前发生的一切都只是幻觉而已。

"弗罗雷德先生?你在这里吧?"

这个声音来自我在紫骸城里见到的第一个人——娜娜雷米夫人。

不久,在遥远的黑暗中,我依稀看见了她那孤零零的身影。这个拷问室,看来相当宽敞。

在这座紫骸城里,一切都是那么冷清,那么渺茫……

娜娜雷米夫人抱在怀里的,当然是一个马口铁制的婴儿人偶,它不断发出"嘎吱嘎吱"的声音。

从她所在的位置似乎看不见位于最里面的我。

"我在这里……"

我竭尽全力地提高音量,但许久没有说过话的喉咙发哑,只能发出非常微弱的声音。

"我在这里,娜娜雷米夫人。"

她似乎听到了我的声音,脚步匆匆地走了过来。

"唉,太凄惨了。"

她战战兢兢地把手伸向我的脸——我被押走的时候挨了一拳。

她一手抱着人偶,一手伸向我,嘴里嘟囔起来。那是简单的治愈咒语。

伤口逐渐愈合,身体上的疼痛渐渐消失。得救了——我打从心底里这样想。

"谢、谢谢你——"我首先向她道谢,然后询问了自己最想知道的事情。

"现在……是什么情况?"

夫人听了我的话,脸色阴沉下来。

"听说你的同伴,那个女孩死了……"

我震惊不已。夫人还把夏欧被杀时的情形详细地告诉了我。

"原来如此……"我点了点头。

毫无疑问,事态正变得越来越紧迫。

夫人继续向我说明:"所以,沃尔哈夏公爵要对所有人施反杀咒语,大家都感到很困惑。"

我简直不敢相信自己的耳朵。

"什么？公爵疯了吗？"

所谓反杀咒语，是一种只要杀死其他生物，就会导致自己死亡的古代禁忌咒语。但是，不仅是人类，所有的生命都必须牺牲其他的生命才能生存下去。禁止这种行为的咒语，实际上就等于在说"你快去死"，所以是用于杀伤的咒语。

而且，这种古老的咒语一旦被施下，之后要解除就会非常费工夫。

虽说是为了防止发生杀人事件，但如果事件久久不能解决，就很有可能导致全军覆没。

"我觉得大家都已经很奇怪了。"

这句话从怀里抱着马口铁婴儿的夫人嘴里说出来，听起来很有说服力。然后，她用同样的语气继续说道："不过，弗罗雷德上校，恐怕你是现在这座紫骸城里精神状态最正常的人了。"

"啊？"

我发愣的时候，马口铁婴儿又开始发出"嘎吱嘎吱"的声音。

"乖孩子，乖孩子……"她哄了它一会儿，才再次开口。

"这一次，能平息这种事态的人，恐怕就是你了。弗罗雷德上校，只有你能做到。"

"这是什么意思？"我反问道。

但夫人没有回答，而是继续说她自己的话。

"你不认为……这个世上到处都是假货吗？"她一本正经地说。

我不知道应该如何回答。因为我只能认为，在她怀里"嘎吱嘎吱"作响的东西，就是典型的"假货"。

"所谓世界上最优秀的魔导师行会的权威，终究不是真正的力量，只是虚张声势的假货。所谓伟大的穆诺吉塔贾哈尔家族的光荣历史也是假货——就连李·卡兹和奥利瑟·库奥尔特战斗之后的这三百年的历史，在我看来也是一种规模巨大的弄虚作假。人们珍视的东西，不愿放弃的东西，其实都无关紧要，而且，我觉得大家也已经意识到了这一点，但是……"

她的目光落在自己怀里的人偶身上。

"自从遇到这个孩子的父亲之后，我就好像认识到了真正的人生。虽然他并不是多么了不起的男人……但是，和他在一起的时候，我不会觉得自己是一个虚伪的人。他很愚蠢，根本不知道我是个什么样的女人，也不知道接近我会有什么遭遇，因为这份愚蠢，最终他甚至被杀死了……但是，我现在仍然认为，和他相处的短暂时光，就是我和真实相遇的时候。弗罗雷德先生，你肯定也——遇见过这样的事物。"夫人斩钉截铁地说。

那直勾勾的眼神让我有些退缩。

"我？"

"你的心里，有一些事物在支撑着你。而且，你也想对此做出回应。"她轻轻地摇晃着怀中的人偶，语气平静地说，"我知道，你就是能够让因为穆诺吉塔贾哈尔而完全扭曲的魔导师行会重新恢复正常的人。"

我开始觉得,其实她是完全清醒的,这一切都是她的演技。要不是她摆弄人偶的手法实在灵巧,就像在无意识层面上真的在照顾自己的孩子,我简直就要对这个想法深信不疑了。

但是,我又转念一想。

也许她确实是精神失常了,但同时也是神志清醒的。

疯狂和理智未必就是相对的。在每个人的心中,疯狂和理智总是并存的。

"穆诺吉塔贾哈尔——那是你的家族。你这么讨厌你的家人,不,这么讨厌你已故的父亲吗?"

我不再担心她是否会做出离奇的反应,而是直接向她提出了我脑海中的疑问。

娜娜雷米夫人的反应有些不可思议。她既没有生气,也没有微笑,只是深深地叹了一口气。

"呼!"

"?"

我皱起眉头,她就轻轻地点头。

"你对我的亲生父亲特拉斯·穆诺吉塔贾哈尔有多少了解?"

"呃,老实说,我只知道他是魔导师行会过去的统帅。"

"是的,连续七届,都是他垄断了这个位置。而且,他还把自己从小培养的部下送上了继任的位置,所以实际上是八届。"

"一届是五年……所以是四十年？"

"在他继任之前，统帅是我的祖父。穆诺吉塔贾哈尔这个名字，已经统治了行会长达两百多年，直到沃尔哈夏公爵篡位。"

说实话，我和行会之前根本没有关系，所以没想过这么多。

"真的是名门啊……"

"毕竟第一代是最早进入紫骸城的冒险者队伍的成员之一。虽然我听说他只是个小喽啰。"

"是这样吗？"

"听说是因为当时周边的巴特洛古森林还没有长成，入口也没有完全再生完毕，所以冒险者队伍才勉强得以进出。后来，其他成员为了继续冒险旅程而分散到世界各地——穆诺吉塔贾哈尔却以钻研魔导为名脱离队伍，创建了成为魔导师行会前身的某个组织，还仰仗其他勇敢的冒险者的威望，当上了那个组织的首领，这就是一切的开端——从那时候开始，穆诺吉塔贾哈尔就是这样的存在。"

她一边温柔地看着马口铁婴儿，一边向我解释。

"极限魔导大会从最初举办的时候开始，就遵循着有利于穆诺吉塔贾哈尔家族的规则。会场设置在紫骸城——在这种大型输出魔法派不上用场的环境下，逐步将'卖弄小聪明的技术才是魔导的关键'这一意识灌输给所有人——仅仅是因为这样一来，在大型输出魔法方面毫无天赋的穆诺吉塔贾哈尔家族会更有优势，而且他们还掌握多种欺瞒对手的卑鄙手段。此外，在紫骸城举办极限魔导大会，也有助于提高穆诺吉塔贾哈尔家族作为发现者后代的权威。"

"原来是这样……怪不得认真钻研魔导的米拉尔·基拉尔会反对极限魔导大会。"

我的疑惑解开了，娜娜雷米夫人点了点头。

"魔导师行会的其他人，其实也利用了穆诺吉塔贾哈尔家族的这种性质……简而言之，就是他们意识到，只要讨好这个家族，他们的身份和地位都会得到保障。长期以来，魔导师行会就是被这样的人所把持的。但是，时代在改变。魔导逐渐细分，行会的地位也发生了变化。是的——弗罗雷德上校，因为像你这样的，与行会无关的优秀人才开始出现了。"

"你是说……我？"

我有些不知所措，但她用力地点了点头。

"你有这个能力。你一定会纠正第一代穆诺吉塔贾哈尔犯下的错误，然后作为魔导师的代表，重新选择我们的未来——我认为，在紫骸城里发生的一系列事件，就是为此经历的阵痛。我相信你和你的朋友——风之骑士，像你们这样的人，一定会把至今为止的虚假历史改变为真实。"

娜娜雷米夫人看着我的眼睛。她避开监视来见我这个被囚禁的人，就是为了说这些话吗？

"……"

我不知道应该如何回应。

第六章

2

那是发生在我和希斯罗为了终结克奇塔失控事件而前往要塞的时候。

风之骑士对我说了下述的话。

"假设有两条路可走,一条路是任何人都无从挑剔的正确选择,另一条路是明显让人不舒服的选择……在这种情况下,你认为我们应该选哪条路呢?"

"呃……一般来说,应该选择正确的那条路吧?"

听我这么回答,他就点点头。

"是啊,我也是这么想的。但有人说,只有极少数的人能做到这一点。他还说,因为人类在大多数情况下都会犯错,所以如果有一个最优解和一个次优解,首先就应该考虑我们要如何去改善这个次优解。"

当希斯罗说到"有人"的时候,他的眼神显得格外温柔。

"所谓的最优解,就是仅此而已,不会再有后续——但是,试图改善次优解的意志,会超越这个选择本身,进而影响其他的事物——嗯,大概就是这个意思吧。"

"原来如此。听起来挺有道理的。你说的那个人是一位哲学家吗?"

我这么一说,他就笑了起来。

"嗯,他是个怪人。不过,我确实从没见过像他那么聪明的人。"

"是个怎样的人啊?"

"怎么说呢,我也解释不清楚。不过,简单来说吧……"

"嗯。"

"他戴着面具。"

"这是什么意思?你是指他会刻意保持距离,不让别人看到他的真面目?"

"不不不,不是这种抽象的意思——总之,就是面具。"

这么说着,希斯罗咯咯地笑了起来,似乎觉得很有意思。

我不明白他的意思,但我知道,面对接下来的重大任务,我的紧张感已经得到了充分的缓解。

我和希斯罗一起小声地笑了起来。

但是后来我才知道,为什么希斯罗会在这时说出这番话来。

闯入要塞的作战行动,确实困难重重。不过,多亏了风之骑士的优秀战斗力,加上天公作美,让我得以施展咒语操纵本就逐渐接近的低气压,使得要塞全境被暴风雨袭击,最后我们总算是成功闯进了要塞。

然而,等待我们的却是一个有些糟糕的结局。我们以为博士是人质,所以前来营救,但其实博士就是恐怖分子的幕后主谋。

难怪戒备森严的魔导炉会如此轻易就被他们占领……

第六章

当我怀着苦涩的心情将博士逮捕并带着他撤退的时候,抢先一步开辟退路的希斯罗面带悲伤地迎接了我。我们都没有感到惊讶。

"你早就察觉到了吗?"

我问希斯罗,他点了点头。

"在七海联盟内部,原本就有人指出那个计划本身太过仓促,很有可能出事。"

"所以……你才会来到这里?"

我明白了。我只是偶然被牵涉进这起事件,但风之骑士从一开始就是为了战斗而来。

"但是,没有确凿的证据,而且七海联盟在这个区域还没有足以阻止实验运行的影响力。况且,无事发生的可能性也很高。"

"这就是所谓的'次优之策'吗?事先考虑在不透明的情况下,我们能做什么——"我叹了口气。

"对不起,我不是有意要骗你。"他向我道歉,但我摇了摇头。

"不,没有必要道歉。因为也存在博士真的是人质的可能性。倒不如说,原来你一直在顾虑我呀。谢谢你。"我坦率地说。

如果事先被告知真相,我一定会心怀不安,在作战途中犯下无法挽回的失误。

我没有能力在不透明因素众多的情况下做出最好的选择。这次的事件让我深切地感受到了这一点。

但是——即便如此,即使是这样的我,总有一天也会不得不在没有希斯罗这样的人可依靠的情况下做出决定。

到时候，我会选择怎样的道路呢？

如果我身处的环境中，周围的一切充满恶意，根本就没有所谓的解决方法，到时候，我……

*

娜娜雷米夫人离开后不久，又有人的气息接近了吊在拷问室里的我。

"……"

这次，我立刻就知道那是谁了。

这个脚步声显然是出自老年人，无论容貌看上去多么年轻，在这座紫骸城里，年老到这种程度的人只有一个。

"弗罗雷德上校，你还活着吗？"

毫不客气的语调让这个声音听起来咄咄逼人。

他就是魔导师行会的现任统帅——沃尔哈夏公爵。

"……"

但我没有回答。

"哼……"

沃尔哈夏走了过来。只有他独自一人，没有警卫。

"你好像还活着嘛，那我就有事找你了。"

他瞪着我，我也看向他的眼睛。

"你也要对我施反杀咒语吗？"

"嗯？"老人皱起了几乎已经掉光的眉毛。

"有人来过这里吗？这么说来，你的伤确实都治好了。哼，也罢。既然你已经知道了，那就更容易说话了。"

"你已经对所有人都施下咒语了吗？"

"没错，就只剩下你了。"

沃尔哈夏走到我的身边。

"你以为这样就能解决这一系列事件吗？就算施咒让所有人都无法杀人，如果在这种情况下还是有人被害，那你又要怎么办呢？也许这真的就是李·卡兹的诅咒。"我平静地说。

"不可能！李·卡兹在三百年前就已经死了，这只不过是远古时代的遗物！和那种人会有什么关系？！"沃尔哈夏语气强硬地反驳道。

"至今为止，只要是我决定要做的事，就一定会做到，从来没有失败过！不许违背我的做法！"

"难道前任统帅——穆诺吉塔贾哈尔在死前也对你说过同样的话吗？"

我这样反问道，老人就无言以对了。过了一会儿，他连连摇头，压低声音说："你这种小喽啰是不会明白的……"

"根本就算不上有行会关系的希西巴尔人，怎么可能知道那个穆诺吉塔贾哈尔的统治是多么恶毒、阴险和蛮横？"

"难道不是行会把我国拒之门外了？"

我提出异议，但沃尔哈夏没有回答。

"你知道我花了多大力气才把他们给拉下马吗？要不是有我，行会现在就被那个脑子有毛病的丫头控制了！"

"娜娜雷米女士应该不是从以前开始就很奇怪吧？"

"哈！你胡说什么呢！轻易就和平民之流的那种男人私奔，可见那丫头本来就是脑子不正常。"

嗯？

我觉得这个说法听起来有些别扭。

"'那种男人'？简直就像你认识娜娜雷米女士的丈夫似的，难道——"

当我指出这一点时，沃尔哈夏明显露出"糟了"的表情。

"难不成是你唆使那两个人逃走，从而酿成丑闻？"

"就算是，那又如何？是那个穆诺吉塔贾哈尔的傻丫头自己想要逃走。就算我帮了她的忙，又有什么罪过？"

虽然他表现得就像死猪不怕开水烫，但我察觉到了。

"不仅如此，后来你还故意让他们被人发现，利用了这场骚动。归根究底，这就等于是你杀死了娜娜雷米女士的丈夫……"

"是穆诺吉塔贾哈尔杀了他！"

"你应该早就知道会变成那样。这不就等于是你杀了他吗？"

"就算是,那又如何?只不过是死了一个平民,就要弹劾我吗?"

"你不明白吗?"

"明白什么啊!"

"这种傲慢——你不也是穆诺吉塔贾哈尔的同类吗?这种不把人当人看的性质,和穆诺吉塔贾哈尔创立的魔导师行会如出一辙。说到底,你只是排除了试图反抗行会的娜娜雷米女士,然后原封不动地继承了统帅的位置。你根本没有推翻前统治者穆诺吉塔贾哈尔,也没能夺取魔导师行会。你只不过是支撑这个体制的其中一个奴隶——"

我平静的指责,让沃尔哈夏的秃头涨得通红。

"你、你竟敢——"他似乎愤怒得说不出话来。

我用冰冷的语气继续说道:"难道我说得不对吗?为什么你不把你的警卫和亲信们带到这个拷问室?你信不过他们吧?其实你自己也认为,我不是凶手。你不知道像我这样的人和你打交道时,会对你说出什么话来——你害怕被其他人听到。即使在魔导师行会里拥有十万人以上的部下,你却未能把任何一人变成你的'同伴'。因为他们和你,同样都是行会这个组织的奴隶——难道不是吗?"

"……"沃尔哈夏瞪着我,浑身颤抖。

但是,他的表情突然变成了一个狡猾的笑容。

"原来如此,或许正如英雄先生所说。不过,难道就没有另一种可能性吗?"

"咦?"

"我独自来到这里，难道不是因为我不希望让任何人知道我打算在这里做的事吗？"说着，他向我伸出了右手。

就在那一瞬间，一只看不见的手紧紧地钳住了我的喉咙。

"呜！"我只觉得喘不上气来。

"既然是我曾经试图塑造成凶手的人，那就只会成为绊脚石。最好在出城之前把他解决掉——这种想法难道就不可能吗？"沃尔哈夏低声说。

这是操纵空气的魔法。空气的团块构成一个无形圆环，直接嵌入了我的喉咙，而且正在逐渐收紧。

即使施咒抵抗，被束缚的我的魔力也会从锁链中流出，无法释放出去。

"呜……呜呜呜……"

我拼命挣扎，但无论如何都想不出逃脱的方法。

就在我快要昏过去的时候，圆环的收紧动作停止了。

我向沃尔哈夏投去疑问的目光，他则是用一副奇怪的表情看着我。

那张脸上写满了复杂的感情。比起功成名就的老人，他更像一个没有掌握过稳定事物的疲惫青年，眼神里充满了焦躁、愤怒和自暴自弃的哀伤。

"你算得上英雄阁下？"他对我说。

"你也和我差不多吧？实际上，克奇塔失控事件几乎是风之骑士解决的，你只是搭便车而已。你的那些'荣耀'都是假的。"

平静的语气中,没有刻意要侮辱我的意思。我感觉他只是在实话实说。

"你应该也感到不自在吧?因为祖国的那些家伙一再请求,你才会来到紫骸城这样的地方,这根本就不是基于你的意愿而得到的地位,不是吗?"

"确实……如此。"

尽管喉咙还是喘不过气,我仍然强迫自己发出声音回答。

"但是……正因为如此,从今以后……我要过……无愧于风之骑士的人生。"

"你是说无愧的人生?"

我的话让沃尔哈夏哑然失笑。

"你以为那种东西真的存在吗?你以为世界是由什么东西组成的?难道你认为真、善、美就是根本吗?这个世界充满了失败和背叛。确实,世上存在着少数像我们这样的成功人士——但失败的人占了绝大多数,他们嫉妒成功,对这个世界怀有怨恨。而且,恰恰是那些家伙,那些认定自己不过是芸芸众生的大多数人,创造了这个世界。恰恰是那些什么都不想做,只想拖累别人的家伙,制定了这个世界的规则。在这样的世界里,怎么可能会有无愧于正义的人生?如果说有的话,那就是对自己的发言毫无顾忌的无耻之徒了。确实,像你刚才提到的穆诺吉塔贾哈尔,就是你这种人的最后的归宿。"老人淡淡地说。

我觉得他这番话不是对我说的，而是对他自己说的。

然后，嵌入我喉咙里的空气圆环突然消失了。

"哼，你以为我真的会杀你吗？"沃尔哈夏对大口喘气的我嗤之以鼻。

"我没那么愚蠢，因为我必须让你在离开紫骸城之后，作为这一系列事件的凶手站上被告席。"

"……"

我的喉咙发出喘息声，拼命想要挽回刚才无法补充的呼吸，与此同时，我瞪向公爵。

"你这个可悲的男人……"

"你说什么？"

"你知道自己的行动是徒劳无功，但你只能继续下去，你甚至都不敢说你害怕了。我就很害怕，我对这座紫骸城是害怕得不得了——但你却连这一点都无法承认吧？"

"……"

沃尔哈夏没有回答。

老人沉默了一会儿，最后轻声嘟囔了一句。

"英雄吗……"他的声音显得莫名的虚弱。

"和李·卡兹针锋相对的奥利瑟·库奥尔特也是英雄吗？"

"这就难说了。不过，比起自己的生命，她更希望打倒邪恶，这就是真正的勇者吧。"

"但只要死了，之后就谈不上什么荣耀了吧？奥利瑟·库奥尔特既没有成为神明，也没有成为恶魔，后世的人们对她的印象要比对李·卡兹的印象浅薄得多。只要死了，一切就结束了。无论取得多么伟大的成就，除非本人在事后到处炫耀，否则就得不到任何人的承认。所以，我也不能白白死去！"

我可以感觉到老人那虚弱的声音里积累着极度的疲劳。随后，他就转过身来背对着我。

接着，公爵迈开步子，从我身边离开。

"你不对我施反杀咒语吗？"

我问他，但他已经不再回头。

"你的同伙——那个女人也被杀了。所以，即使对你施下反杀咒语，说不定还是会有人来杀你。如果到时候你没办法反击，那不是很可惜吗？"

他的声音里隐含着笑意。

"如果付出自己的生命，或许就可以斩断这些锁链，从而发动攻击。是啊，如果能像奥利瑟·库奥尔特那样和敌人针锋相对，作为一个英雄，不就是得偿所愿了吗？"

光凭他的声音，我无法判断这句话该不该当真。

但是，他的背影已经远去。我无法从老人的身影中读出任何情绪。

3

因为中途打了几次盹，所以我无法准确判断经过了多长的时间，但至少在一天或接近一天的时间过去之后，有人来到了我身边。

一大群人陆续聚集到我的面前。走在最前面的是那个"死人"——佐恩·唐。

我对其他人也有印象，就是那些把我带来这里的警卫，还有殴打我的警卫队队长。

"弗罗雷德上校，你还好吧？"佐恩·唐问道。

"怎么了？为什么各位大人都到这里来了？"我有些讽刺地说。

出乎意料的是，他们都露出了惶恐的表情。

"呃，实在是太对不起上校了。"

佐恩·唐向我低头。这种顺从的态度让我感到很不舒服。

"怎么了？发生什么事了吗？"

我焦急地追问道，但没有人回答，他们只是沉默地着手解除捆绑我的束缚咒链。

"喂，你们可以随便放我走吗？还是说，沃尔哈夏公爵同意这样做了？"

我继续问道，但没有人说话。过了一会儿，我就重获自由了。

唉，其实只要待在这座紫骸城里，就不可能自由吧……

第六章

我的手脚都麻痹得厉害,无法随心所欲地活动。当我打趔趄的时候,队长把我扶住了。

"队长,这样好吗?居然帮助我这个'凶手'。"

我这样一说,他就露出了阴沉的表情。

"我已经做好了接受任何处罚的心理准备……请你尽管差遣。"

听了这句话,我瞪大了眼睛。

"这是什么意思?"我问道。

佐恩·唐就代表所有人回答。

"弗罗雷德上校,我们决定从现在开始接受你的指挥,这是我们所有人的意愿。"

"你说什么……"

"为了摆脱现在这种事态,我们只能求助于你这个英雄。"

警卫们也向我低头行礼。

"这是怎么回事……"

我哑口无言。这是某种陷阱吗?但是,他们每个人的眼神都是认真的。

"这个……请你亲眼确认,我们已经无话可说了。"

"务必请你下令!"

"如果就这样放任不管,我们实在无法保持理智!"

他们努力笃定的眼神让我脊背发凉。到底发生了什么事?

"总之——队长。"

我一叫，他就应声低下了头："是！请你尽管惩罚我。"

"这个以后再说。总之，现在马上恢复U2R的动力。他更善于分析事态和记忆细节。"

"是！我马上去办！"

我怀着满腔的不安心情，和佐恩·唐他们一起走出拷问室，进入了回廊。

*

不出意外，我和重新启动的U2R被引导至目前紫骸城内最豪华的房间。

偌大的房间里没有一个人出声。

占据房间的主人，再也说不出一句话来。

即使为避免形成密室状态而保证入口敞开，这个居室也宽敞得足以让身处房间深处的人体验孤独的滋味。在这个既没有家具也没有其他物件的房间中央，那东西就倒在地板上，半个身子埋没在豪奢的地毯长毛里。

那是沃尔哈夏公爵——他已经死了。

"……"

我和U2R默默地俯视着尸体，这种离奇的异样让我们无言以对。

首先让人觉得奇怪的是全身。

他全身的衣服都被抓挠开来，露出了几乎所有的皮肤。但是，肤色是苍白的，毫无血色。

失血过多导致死亡——这具尸体呈现的状态。

然而，造成了大量出血的致命伤在哪里呢？

沃尔哈夏全身有无数细小的伤口，应该是抓挠衣服时造成的，但这些伤口即使全部集中起来也不至于致死。它们既没有到达动脉也没有到达静脉。况且，虽然有无伤口是问题，但最重要的是——流出来的血到底去哪里了？

血液确实附着在身体各处，就连嘴巴也有血液滴落的痕迹，甚至指甲缝里也有渗入血液。

但是，总量大概还不到人体内血液量的千分之一。

假设凶手有能力从沃尔哈夏的体内夺走所有的血液且几乎不会洒落在地毯上，但这个房间只有一个入口，而且在警卫的时刻监视下，没有任何人从那里经过。在这种情况下，那些血液究竟被拿到哪里去了呢？

此外，那具尸体上最让人印象深刻的是沃尔哈夏的表情。

他的眼睛睁得大大的，就像遇到了多年的仇敌，随时都会发动袭击似的。布满全脸的老年皱纹，全都因为他的激烈情绪而变得零零碎碎。那张表情造成的沟壑，比任何皱纹都撕裂得更深邃。比如嘴唇的边缘和脸颊的隆起，到处都因为皮肤的活动而裂开了。

没有任何迹象表明他是死于失血过多导致的衰弱。我们看到的，是一个在忍受痛苦的同时，也被强烈的冲动所驱使，然后就这样死去的男人。

　　刻满他的全身，本应让他停止老化和免受攻击的刺青，如今只是徒然地在那具苍白的身体上浮现出来。这些防御咒语几乎要花费一年的国家预算才能刻出来，但它们却完全没有发挥作用，他还是被杀死了。

　　"……"

　　我想起了在拷问室和公爵交谈的情景。

　　他曾经说过，"只要死了，之后就谈不上什么荣耀了吧。"

　　我很讨厌他，现在仍然不喜欢他，所以我不能认同他的意见。

　　但我认为，不能放任一个老人如此凄惨地白白死去。

　　"没有人能够阻止他的死亡，是吗？"

　　听了我的话，周围的人都点了点头。

　　"当时也没发现他被杀了吧？"

　　他们又点了点头。

　　"而且对行凶手法也毫无头绪吧？"

　　"是的……"

　　在其他人都无奈地垂下头的时候，我想起了女盗贼乌兹·夏欧留下的口信。

　　"已经无法选择解决问题的手段。"

"让他做决定——"

对我们来说，情况已经是刻不容缓了。

"既然如此……已经没有时间去关注一系列事件的谜团了。"

听到我的嘀咕，U2R就把金属脸转向我。

"弗罗雷德先生，你打算怎么办？"

我摇了摇头，用苦涩的声音回答道："我其实根本不想这样做……但是，别无选择了。"

▼ 4

"啊——"

在画着旋涡似的图案的房间里，被软禁的双胞胎中的姐姐突然叫了起来。

"哎呀，哎呀，原来如此。"

她独自点着头，眼神有些怪异，不知道在看哪里。

"姐姐，怎么了？"弟弟问道。

但是，美丽的姐姐没有回答，而是从座位上站起来，摇摇晃晃地在那个地方走来走去。

"原来如此，是这么一回事。我终于明白了。"

看到她那轻快的步伐，弟弟也发出了"啊"的一声感叹。

"姐姐,你好像已经知道这次骚动的'凶手'是谁了。真不愧是你啊,我还没有理清楚呢。"

但是,姐姐似乎很兴奋,根本没有理会弟弟的声音,只是到处走来走去,最后更是跳起舞来。

而且,她还唱起歌来。

约尔

约尔

约拉历拉乌尔

约历拉欧尔

约诺拉谢伊尔

约基尔

约基尔拉尔

约尔

约尔

那是一种明快、艳丽而又透明的美丽舞蹈,仿佛在祝福这个世上的一切。

弟弟看着这个古怪的姐姐,似乎没有什么感触,仍旧像刚才那样坐在椅子上。

这时,房门所在的方向传来了"嘎吱嘎吱"的声音。这扇门原本

第六章

只能由房间里的人打开,但门锁的部分被破坏,装上了另一把门锁,所以两人无法打开。

"嗯?"听到声音,弟弟朝那个方向看过去,姐姐则是继续跳舞。

接着,原本从外面完全封锁的门被打开了。

门外站着很多人。几乎都是负责警卫的人,还有撬开门的拟人器U2R,而领头人是⋯⋯

"这不是弗罗雷德上校吗!你是什么时候恢复自由身的?"

面对这个欢快的招呼,弗罗雷德默默地板起面孔,没有马上回答。

"⋯⋯"

约尔

约尔历拉

约历历拉拉

双胞胎中的姐姐还在唱歌。

警卫们都不知道该对这个女人做何反应,只能翻起了白眼。

"怎么了?"

看到他们如此惊慌失措,弟弟毫不在意,不紧不慢地问道。

"你们之前有说过吧?"过了一会儿,弗罗雷德终于开口了,"这一系列事件'算不上问题'——"

"嗯?"

弟弟挑了挑一边的眉毛，然后"啊"地叫了一声，用力地点了点头。

"哈哈，这么说来，沃尔哈夏是死了吧？"他干脆地说，语气轻松。

"如果那个老人还活着，这事就不可能转到我们这里来，不是吗？"

"没错……"

弗罗雷德表示肯定，弟弟就无奈地摇了摇头。

"真拿那个老人没办法。我已经劝过他，说反杀咒语派不上用场了。——哦哦。"

"啪"的一声，他拍了拍手。

"这么一来，你们身上的反杀咒语也因为施术者死亡而消失了吧？那不是很好吗？要是咒语不解除，你们就撑不过三天了。"

警卫们都有些畏缩，看来他说得没错。

"你们的呢？"

"哈！"

听了这个反问，弟弟哼了一声。

"那种咒语，我在他施咒的同时就解除了。唉，真是稚嫩得不像话。古代咒语本来就很困难，以他那种程度的才能，哈哈，怎么可能灵活运用呢？"

他毫不犹豫地嘲笑了已逝之人。

约尔约基尔

约基罗尔

约利沙朗

约尔

姐姐仍旧在唱歌和跳舞。

弗罗雷德打了一个寒战。然后,他像是下定了决心似的,重重地呼出一口气,再次看向双胞胎。

"我想拜托你们。"

那是把感情压抑起来的声音。而那份感情,恐怕就是厌恶和恐惧。

当这对憎恨中庸结局的双胞胎要做出选择时,不会有人愿意待在他们身边。

"哦?"弟弟点了点头,"你肯定知道,这意味着什么吧?"

"当然。这是我作为祖国希西巴尔的魔导上校,以英雄的身份发表的正式声明。"

"我们可要价不低哦?"

面对双胞胎中的弟弟——基拉斯特尔·泽纳特斯·费尔法斯拉特的再三确认,上校怒吼道:"没关系!我——"

他深深地吸了一口气,然后用尽全身力气喊道:"正式委托战地调停士'米拉尔·基拉尔',着手处理在这座紫骸城里发生的连环杀人事件!"

这一坚定的声音在房间里响起的瞬间,一直充斥着整个房间的歌舞就戛然而止。随后,双胞胎中的姐姐——米拉洛菲达·伊尔·费尔法斯拉特向弗罗雷德竖起一根手指,说道:"好。"

「所谓真实，往往是直截了当，无一例外。」

——出自《魔女的恶意》

第
七
章

inside
the apocalypse
castle

紫骸城事件

◆
◇ 1 ◇

一道光线从那座高耸在巨大虚无，如同启示录中的建筑物——紫骸城内，向外面的世界延伸。光线扩散开来，散落在整个世界。那道光线包含着某些信息。那是迄今为止在紫骸城发生的事情，以及与此相关的所有情报。

只要把这些信息送到合适的人那里，就会有人前来支援。

但是——如果没有被设置在世界各地的七海联盟基地的魔导探测装置接收和解析，它就只是普通的光线而已。包围着整座紫骸城的魔境是否会让光线产生折射或损耗，使得光线中的信息变成无法解析的废物，那就只有神明才知道了。

*

"好了，现在该做的都做了。"

基拉斯特尔将一道强烈的闪光光线射向城堡的外墙，表情十分轻松。

他刚才朝紫骸城外施放的咒语，连我这样的军人都没见过和听过。

第七章

"不要紧吗?紫骸城的外墙会吸收咒语,咒语通过的时候威力不会减弱吗?"

"当然会减弱了。所以,我首先布施了一个专门让墙壁吸收的大规模破坏咒语,然后趁着吸收失效的时候,将情报变成光线发射出去。而且,我把同样的情报重复发射了一百七十四次。虽然每次发射的情报都不会完好无损,但只要把它们组合起来,就能拼凑出完整的内容。哎呀,幸亏有拟人器。因为记忆回路也是由魔法构成的,所以不花功夫就能把事件的概略转化为咒语。"

他向我解释了一些很难理解的事情,但我连一半都没听懂。

我能明白的是他已经设法向外界发送了"求救信号"。知道这个就足够了。

"但是——"

我再次看向被基拉斯特尔施放了大规模破坏咒语的外墙表面——如果这是一座正常的建筑,咒语的威力就足以将外墙炸得粉碎了。

但外墙却没有半点伤痕。

"虽然情报的碎片能以光线的形式通过,但我们似乎没有办法破坏墙壁本身。七海联盟军打算怎么打开这个墙壁?"

距离传送咒语启动,还有三天。我们不可能在这座潜伏着残忍凶手的城塞里等待这么长的时间。

"哎,总会有办法的。事情办完了,我们就回去和姐姐及其他人汇合吧。"

"总会有办法？"

我有些烦恼，不知道应该为这个男人的轻率感到哑然，还是应该联想到七海联盟军那深不可测的恐怖。

毕竟这个男人被我委托解决事件后，在看到沃尔哈夏公爵的尸体时，突然做出了荒唐的举动。我不禁回想了当时的情况。

"噗……"

他一看到那具苍白的尸体就笑了出来。

"噗噗噗——呼呼，呼哈，呼呼哈哈哈哈哈哈哈哈哈哈哈哈哈哈哈哈哈哈哈哈哈哈哈！"

简直是捧腹大笑。

"啊哈哈哈哈哈！原来是这样！原来是这么一回事！这的确是'本能'的问题——哎，这可不得了！"

他笑得几乎喘不过气来。

我无法判断这是在侮辱受害者，还是某种疾病发作，只好用眼神向他姐姐寻求帮助。

于是，她立刻道歉："对不起。我的弟弟是受到了'冲击'。"

"啊？"

听了这句话，在场的所有人都惊讶得张大了嘴。

"冲击？"

"是的。"

"你……没有受到冲击吗？"

"我刚才已经受过冲击了。"她轻描淡写地发表了莫名其妙的宣言。

我已经不想抱怨了。

"哎呀……我真是服气了。"

大概是笑累了，基拉斯特尔终于安静下来。

"看来我是不能太小看公爵了。居然会留下如此简单易懂的提示，他也很能干嘛。"

简单易懂？

我想知道这话是什么意思，但在我做出反应之前，姐姐就已经对弟弟说："基拉斯特尔，适可而止。大家都被你弄得很尴尬。"

她说这话的时候，声音很有力度，让我感觉不太好寻根究底。

"啊，啊啊，是吗？倒也是啊。哎呀，真是抱歉了。"基拉斯特尔坦率地道歉。

但是，我总觉得他好像在暗地里打着什么坏主意，心里有些不痛快。

委托双胞胎解决事件，是因为除了借助七海联盟军的力量之外，别无他法。即便如此，我还是不能对他们放松警惕。

"你们已经对凶手的身份，或者行凶手法有头绪了吧？"

"唔……"

"好像有，又好像没有——差不多就是这样吧。"

"这是怎么回事?"

对于佐恩·唐的提问,双胞胎一起耸了耸肩。

"不管怎么说,现在还不是公开的时候——这是肯定的。"

"为什么?"

我一问,基拉斯特尔就毫不客气说:"事件现在是交给我们了吧?既然如此,就请让我们自由发挥。"

"你们有能力解决这一系列事件吧?我们不能再让受害者增加了。"

"不过,就算变成那样,也不是任何人的责任。"

他说得如此简单,以至于我一时间没有理解这话的意思。

"你说什么?"

"我是说,既然进入了这座紫骸城,准确地说,是既然参加了极限魔导大会,当然就意味着各位已经在证明书上签字表明'即使身故也不追究'的态度。所以等出去之后,也没办法向任何人抱怨。"

基拉斯特尔咧嘴一笑。

"那是……那只是关于比赛中发生事故时的声明,不适用于这次的情况。"

对于佐恩·唐的意见,基拉斯特尔有些夸张地摇了摇头。

"哪有这种道理,声明就是声明。而且,受害者似乎都是被魔法杀死的。也就是说,如果对照大会原本的目的——钻研极限魔导的话,结论就只会是'受害者不够小心,缺乏经验'。国际法自不必说，就算是大多数国家的现行法律，也没有任何法律足以扭转这一局面。因此，凶手是无罪的，不可能接受审判。而且，你的说法当然也是违反行会章程。"

最后的补充，几乎是挖苦。

"你说得也许没错，但出于人道主义——"

"人道？你能提出这个词还真是怪了。行会里有这种东西吗？尼加斯安格爵士被杀的时候，我看大家的反应好像很平淡呀？"基拉斯特尔还是不依不饶。

佐恩·唐的脸色变得红一阵白一阵的。

"那……那是……那个……"

"够了，基拉斯特尔。"我打断了他们的对话，"总之，在法律上如何处置凶手等问题，现在是次要的。我是委托你们解决事件，而不是逮捕凶手。当务之急是我们要一起离开这座紫骸城。"

"好，你的判断很正确。"

米拉洛菲达就像在给我捧场，我当然一点也不高兴。

因为就我而言，如果知道凶手是谁，我就会倾向于撇开法律，将其彻底击溃——这种想法没有丝毫改变。

发送了不知是否会到达七海联盟的通信之后，我便和基拉斯特尔一同前往米拉洛菲达让大家聚集的大厅。

"说实话，你们到底是怎么想的？"

听我这么一问，基拉斯特尔就挑了挑一边的眉毛。

"你问的是凶手是否有罪？"

"我知道你们没有所谓的道德性思考……但是，这个和那个是两码事。就算凶手真的如你们所说，是在钻研极限魔导，他的做法也不是向他人展示，只是将成果用于满足私欲的杀戮。这不是也违背了'促进魔法文明'的大会精神吗？"

听了我的这番话，基拉斯特尔露出了一个妖艳的微笑。

"我不认为这次的凶手是在钻研极限魔导。我只是说，作为大会参加者，他并没有违反规则。"

"可是，你刚才……"

"哎呀，在法律上如何如何——实际上，这种内容对于战地调停士来说几乎没有意义。只是因为佐恩·唐爵士的话太温暾了，所以我才忍不住说他几句。"他轻声笑着说。

"毕竟，我们的工作是在互相厮杀的对战双方之间进行调解——法律和习俗，大多只是我们设法无视的对象而已。换句话说……"

他向我眨了眨眼，那眼神就像一个调皮的孩子。

"无论凶手的行为是否算作犯罪，我们都无所谓。"

"……"

我本来还以为在化解纷争这一层面，战地调停士在某种意义上可谓和平使者，但看来这个想法似乎太天真了。

为了达到结束战争的目的，对手段、动机乃至善恶都不加选择——也许这里就只有这种残酷的现实主义者吧。

当我们走到大厅附近时,渐渐传来了一阵吵嚷声。

聚集在那里的幸存者都显得非常不安。

与此相对,米拉洛菲达正独自站在讲台上进行说明。

"……所以,在七海联盟的成员预计到达的时间——也就是明天早上之前,各位可以回到自己的单间。"

"怎么可以?!"

"密室状态不是很危险吗?会被烧死的!"

人群中自然掀起了一阵抗议,但米拉洛菲达充耳不闻,仍然面带微笑,不容辩驳地回答:"如果变成这样,就只能说明大家还未能独当一面。"

这话说得太蛮不讲理,以至于大家都沉默了。但在紧接其后的一个绝妙时机,她又面不改色地说:"开玩笑,我是在开玩笑。"

"……"

面对张口结舌的众人,米拉洛菲达点了点头,充满自信地说:"哎呀,就算回到单间也不会有危险了,不会被烧死的。因为各位都已经知道,存在以那种方式被杀的危险。归根究底,那是只有没料到自己会以那种方式死去的人才会中的圈套。"

我转头看向基拉斯特尔。

"是这样吗?"

"哎,我也说不好。不过,姐姐是不会在这种地方说谎的。"

但她刚才不是还在"开玩笑"吗？我心想，但又觉得这话说了也是白说，就把剩下的话咽进了肚子里。

与此同时，众人纷纷向站在讲台上的米拉洛菲达提问。

"你的话是什么意思？"

"你已经知道一连串的事件是如何策划的吗？"

"也给我们解释清楚！"

人们一齐挤了过来。米拉洛菲达一脸平静，而站在她旁边的佐恩·唐却不知所措地摇着头。当他注意到我和基拉斯特尔就站在大家身后时，脸上才有了放心的表情。

被人用那种恳求的眼神盯着，确实不得不过去了。于是，我们拨开人群，走到讲台旁边。

但是，我和基拉斯特尔都没必要来帮忙。米拉洛菲达面对吵吵嚷嚷的人们，用凛然的声音道："各位从根本上误解了。"

在人们陷入沉默的片刻，就像是乘胜追击似的，她又继续说道："各位以为，只要聚在一起就安全了？然而，这是不可能的。例如尼加斯安格爵士和拉马德大师，不就是在众目睽睽之下被杀害的吗？"

作为搭档的弟弟已经来到了她身边，但米拉洛菲达甚至没有看他一眼。在我看来，那张美丽的侧脸仿佛在说，她不需要帮助。

她那清澈、响亮的声音盖过了人们发出的幽怨之声。

"正是如此，在这座紫骸城里根本没有安全可言。无论是独自一人，还是三五成群，都无足轻重，根本没有任何值得信任的东西。如果这一系列的事件存在凶手,那么此时此刻,他就是聚集在这里的其中一人——看!就是你身边的那个人!"她突然说道,还用手指了指。

不可思议的是,那根手指明明没有指向任何明确的地方,却是在所有人都以为她指的是自己的时候伸出来的。

只是示意了片刻,接着就立刻缩回去了,因此所有人都无法进行事后确认。

"哇!"周围爆发出一阵夹杂着惊慌和恐惧的惨叫声,这些惨叫声的间隔迅速地扩大了一倍,密度也下降了。

刚才还作为"群体"挤在一起的人们,在转瞬之间被分割成了分散的"个人"。

"……"

米拉洛菲达故意保持沉默,整个大厅陷入了沉重的无言之中。

过了一会儿,米拉洛菲达才终于开了口。但是,从她嘴里吐出的不是话语,而是一声长叹。

"呼——"

叹息里带着几分无奈,就像一个母亲不知如何应付不听话的孩子。

"唉,没关系。留在这里也好,回到单间也好,到时间之前闭门不出也好,都是各位的自由,我不会做任何强制要求。"

然后,她就那样走下讲台,没有停下脚步,以优雅的步伐离开了大厅。

大厅里弥漫着尴尬的气氛。那是有着奇异的停滞感,叫人不知如何行动的阴沉氛围。

当我正在想该怎么办时，基拉斯特尔轻轻地戳了戳我。

"喂，你把已经向七海联盟发信的事告诉大家吧？"

"啊，是啊——"

我登上了讲台。于是，周围的气氛逐渐平静下来。

"啊，是英雄阁下——"

"噢，是弗罗雷德上校！"

对于这种如释重负的气氛，我多少有些困惑，但还是向人们进行了说明。

"各位，就在刚才，我们正式向七海联盟求救了。现下已经采取了必要的措施。各位都有能力参加极限魔导大会，是世上屈指可数的被选中的魔导师，所以在此次危机中，未必不能凭借各自的力量来保护自己。而且——"

米拉洛菲达已经不在这里，我别无选择，只好把视线转向弟弟。

"我相信各位都认可'米拉尔·基拉尔'的实力。既然如此，现在就请相信他们的话吧——只要我们做好准备，密室本身就不会再成为凶器。因为没有其他足以信任的事物，所以无论是各位，还是我本人，都只有相信自己的力量，这是我们唯一的出路。"

我随便说了几句，然后就点头致意，走下了讲台。

我不知道这种说法是否得到了认同，但人们都露出无可奈何的表情，离开大厅，回到各自的房间。

第七章

我把整理工作交给佐恩·唐和U2R，转身去追已经离开的米拉洛菲达。基拉斯特尔也跟在我身边。

"哎呀，不愧是英雄先生。那群杀气腾腾的人都被你成功安抚了，真了不起。"

我摇了摇头。

"不，那是因为你姐姐几乎把所有人的气势都扼杀了。不过，我好像有些明白了。"

"明白什么？"

"那个传闻的可信度——'光凭口才，战地调停士就能扭转历史潮流'。"

我刚才就是亲眼看见了这一切——我有这样的感触。

于是，只在紫骸城内部反复发生的一连串事件迎来了最后的局面。人们被不安所包围，因紧张和恐惧而颤抖，就这样在各自的房间里度过了一夜。无形的恶意仍旧笼罩着紫骸城，但掌握最后钥匙的，到底是凶手，是双胞胎战地调停士，还是三百年前的启示录之战的因果呢？这个世上，没有任何人对此有着明确的想法。

▼
◇2◇

"喂……"

在黑暗中，我感觉好像有人在呼唤我。

"喂……我在叫你呢，听得到吗？"

那是女性的声音。

凛然的声音里有着孩童般的柔和，却又让人感受到坚强的意志。

啊？怎么回事？

我的心中刚浮现出疑问，答案立刻就出来了。

"这里是你的梦境，弗罗雷德先生。"

又是女性的声音。但是，她在哪里呢？当我这么想的时候，黑暗中已经隐约浮现出那个人的身影。

她的身材高挑，肉体紧实有致，正坐在一张看不见的椅子上，跷着长腿。

我的……梦境？

"没错。看来你作为魔导师相当有天赋，我本来只是一个标志，但你却对当时施咒残留的思念产生了共鸣。"

完全不知道你在说什么……你是谁？

她有一双正直的眼睛，给人的印象与其说是女孩，不如说是少年。年龄看上去还未成年。

"我的名字叫奥利瑟·库奥尔特。"

这句话让我吃了一惊。

"你说什么？你是和紫骸城的建造者——李·卡兹对决的奥利瑟·库奥尔特吗？！"

第七章

这个女孩，竟然就是那个被称为史上最强大的、用于大规模魔导战斗的人造人——"魔女兵器"吗？

"准确地说，我是奥利瑟·库奥尔特施下的咒语。作为本体的她，在打开紫骸城的正门时，有一种不好的预感，所以就以防万一，做了个标志——也就是我。当然，我其实还算不上有明确意识的存在。因为你无意识地进行了各种各样的分析，所以就表现出了原本的术者的性格。有时候，从未见过的人却会以特别鲜明的形象出现在梦中吧？嗯，就是类似这样的道理。"

现在恰恰就是这个梦中的登场人物在向我解释。

"虽然不太明白你在说什么……"我的头脑有些混乱，"总之，你真的是，呃——奥利瑟·库奥尔特吗？总觉得，你比我想象的……要可爱得多……"

"这是在奉承我吗？就我的性格来说，听到这些话也不会开心哦。"

"呃，不，我不是这个意思……怎么说呢，在我的印象中，你会更像一个孔武有力的战士。"我辩解道。

虽说是梦境，但这种感触却格外真切。

"嗯，倒也不难理解。"

奥利瑟·库奥尔特苦笑着，微微地摇了摇头。

"毕竟是超级魔导鬼嘛。本来就是为了战斗而被创造出来的可悲存在。不过，哎，其实随便怎样都行。"

227

"啊，呃，如果冒犯了你，我很抱歉。我刚才说的话，并没有什么深层意思。"

我慌忙道歉，她却咧嘴一笑。

"没有必要向兵器道歉。比起这个，你现在应该很为难吧？"

"你看得出来吗？啊！"明明是在梦中，我却真的吓了一跳，"难、难道紫骸城里发生的事件，是因为你的存在吗？"

"我刚才就说过了，还算不上是'存在'呢。我啊，嗯……有九成左右都是你的想象。不是你现在所想的那种会导致魔导师陆续被杀的可怕诅咒。"她向我摆动双手。

虽然我还没有完全理解这个梦境是怎么回事，但不知为何，我觉得她说的都是真话。也许就像她说的那样，我是在无意识中理解了这一点吧。

"那么，如果是你的话，会知道这个问题的答案吗？在这座紫骸城里，除了收集诅咒、储存能量这个目的以外，还有类似于李·卡兹的隐藏诅咒那样的东西吗？"

"你是觉得，那就是受害者接连遇害的原因？"

"没、没错。有那样的东西吗？"

我兴致勃勃地问，但奥利瑟的回答非常简洁。

"没有。"

"什么？"

"那种东西啊——要是把那样的东西混杂其中，这座紫骸城本身的能力就会被打乱。那个女人不会做这种毫无意义的事——"

"能力？"

"所以说，紫骸城的功能就只是作为一座装置，把飘浮在周围的诅咒能量聚集起来。这才是李·卡兹的目的。为了彻底发挥这种能力，所以紫骸城才会变得这么大。如果存在什么机关，就没必要建造这么大的城塞，即使再缩小七圈也没有任何问题。紫骸城如此巨大的理由只有一个——为了让占据城塞绝大部分的无物空间作为'容器'获得更广阔的容积。就只是这样而已。"

"但、但从独裁者的角度来看，建造一座巨大的建筑，不是也有向他人炫耀自己的权势的意思吗？"

听了我的话，奥利瑟就"唉"地叹了一口气。

"这是普通人的想法，李·卡兹可不是这样的。她根本不在乎别人怎么看——因为她认为世上的一切都荒诞可笑。"

我有些吃惊，因为她的语气中带着真正的敌意。这不太适合一名威风凛凛的少女，却又与她非常相称。愤怒几乎不会使人变美，但这个理论放到她身上却不适用了。

"那家伙践踏了无数的事物。有些事物确实应该摧毁，比如华而不实的传统、傲慢的荣耀、自以为是的统治阶级等——但其中也有微小而确切的希望，这些是绝对不应该破坏的事物。所以，我不会原谅她。"

在我看来，她作为奥利瑟·库奥尔特留下的形象，至今仍然在与李·卡兹战斗。

"但是，你们最终还是同归于尽了。如果你和我的无意识相连的话，你应该已经知道了吧。"

"好像是这样。"

"既然如此，过去的事情已经过去了，你还是不能原谅李·卡兹吗？"

无论少女的愤怒多么美丽，一想到她的这份执念仍然残留在世上，我还是会为此感到悲哀。

然而，奥利瑟先是露出茫然的表情，然后大笑起来。

"啊哈哈哈哈哈哈哈哈哈！我还以为你要说什么呢！'原谅'李·卡兹？这真是求之不得。我也希望自己能做到啊。"

我发出了"咦"的一声，显得有些愚蠢。

"这是什么意思？"

"你大概还无法准确地想象出李·卡兹是什么东西。不过，举个例子，对于你憎恨的人，哪怕只有一秒钟，你应该也会忍不住希望他消失吧？这种恶意存在于自己的内心，你理解这点吧？"

"嗯。"

虽然不太理解奥利瑟在说什么，但她说的的确是事实，所以我点了点头。

奥利瑟也点了点头，继续说道："李·卡兹就是那种恶意的集合体。那家伙绝对不会否定恶意的存在——无论是别人的恶意，还是自己的恶意，她不会做任何区分，就像是恶意的结晶。当我心中的丑陋恶意全部消失之后，我就能原谅那家伙了。然而，无论是现在的残影，还是三百年前的本人，奥利瑟·库奥尔特都不愿意原谅这种恶意，我们活着就只是因为这份执念——如果这是可悲的事，那我就根本不在乎是否可悲。"

她说得干脆而毅然，直截了当。

我意识到自己刚才说了非常愚蠢的话。奥利瑟·库奥尔特与李·卡兹之间的争斗，想必有着旁人无法介入的、难以估量的深壑和重负。

就在我说不出话来的时候，奥利瑟说了一些不可思议的话。

"存在于自己内心的恶意——是啊，也许这也是你们现在遭遇的事件的关键所在吧。"

"咦？"

"哪怕受害者的立场看似各不相同，他们同样都是'人类'——其中必定存在相同之处。只要弄清楚这一点，一切应该就会迎刃而解。"

"那、那到底是什么？"我兴致勃勃地问道。

奥利瑟·库奥尔特却平静地微笑着说："你也是时候要回到现实了——为了亲眼确认这一系列事件的结局。"

接着，少女的形象在黑暗中渐渐远去。

"等、等一下！"我拼命想叫住她，"你不帮帮我吗？！对了，就像三百年前从李·卡兹手中拯救世界一样，你不能帮我们想想办法吗？"我发出没出息的声音，向她乞求道。

但是，奥利瑟眨了眨眼睛，用温柔而明确的语气对我说："那是你们的工作。"

然后——

*

"……到了。这是工作……"

耳边传来的声音让我猛地睁开眼睛。

我躺在单间的床上，U2R就站在我的床边。

"工作时间到了，请起床，弗罗雷德先生。"他用平静的声音对我说。

"……好、好的……"

我按着眩晕的脑袋，坐起身来。

因为心里还是有些不安，所以没睡好。但在梦中，我好像见到了某个了不起的人物。只是我已经无法清晰地回想起来了。于是，我转换了思路。

"有什么异常吗？"

"到目前为止，没有出现新的受害者。"

"这就太好了。如果一切按计划进行，还有三个小时七海联盟军就会到达。"

第七章

我从床上下来，挺直身子。

"要是他们顺利到达，我们马上就能呼吸到外面的空气了。"

"不过，极限魔导大会将会到此结束吧。至少不会再次在紫骸城举办了。"

理应是一台机器的U2R，发出的声音听起来有些落寞。我看了他一眼。

"怎么了？"

"不，我只是想到那样的话，我又要被冻结几十年了。本来就是为了方便举办极限魔导大会，过时的拟人器才会有启动的机会，所以当大会结束的时候，我就没有用处了。"

"喂喂——"我不由得像对待人类似的，拍了拍他的肩膀。

"别担心，我很清楚你有多优秀。如果行会说不要你了，我就收留你。"

"真的吗？"

他的声音听起来充满了喜悦，我不禁觉得有些好笑。第一次见到他时，我还觉得他是冰冷的机器，现在这种印象已经在我心里完全消失了。

"不过，你的工作可能会增加不少，这点你要做好心理准备。"

"听候你的盼咐。"

"那么，先让大家都吃上最后一顿饭吧。在紫骸城里吃饭的时候，我总有种卡喉咙的感觉，不过这也是最后一次了。"我用欢快的语气对U2R说。

但是，这种快活恰恰就是不安的表现……

我有一种预感，从现在开始，在这座紫骸城里，我将要面对最后一件可怕的事。

这恐怕就是这个世上最无情的存在——"真实"。

我已经感觉到了。

至今为止在幕间休息的那个"主角"，终于要出现在紫骸城这个舞台上了。

*

我们聚集在曾经有正门的大厅里。

那里还留有被奥利瑟·库奥尔特射穿的痕迹。在正常情况下应该分成两半、只有穿透处明显变形的门，由于自动修复能力的异常而完全融为一体。

我和"米拉尔·基拉尔"代表其他人在那扇门前等候。

"……"

所有人都默不作声，等待应该会从门的另一边传来的信号。

但是……

我不能在众人面前表现出不安，可无论七海联盟军再怎么优秀，要穿过紫骸城周围延伸的"魔兽巢穴"——巴特洛古森林，恐怕也是极为困难。就像我们来紫骸城的时候一样，他们应该会使用飞艇到途中，但飞行物的接近会使得产生风暴的机关启动。要抵达这里就只能在途中下飞艇，然后直接走过来。

光是要穿过森林到达城塞附近就近乎不可能了，之后还要打破这扇能吸收任何魔法攻击的坚固大门——这种事真的能做到吗？

即使要执行，这也是一项非常艰苦的任务。七海联盟军会有正在待命、并且有能力立刻执行如此严酷任务的部队吗？他们会下强制命令，强迫士兵完成任务吗？

但是，向我们做出保证的"米拉尔·基拉尔"两人充满自信，似乎根本没有考虑过救援不来的可能性。

战地调停士的命令，在七海联盟军中有如此大的力量吗？

总觉得联盟军的内部组织令人难以想象。

基拉斯特尔似乎注意到了我的视线，咧嘴一笑，然后在我耳边轻声说："没事的。"

他的话里没有虚张声势。我想，那就只能等了。

然而，实际上几乎没有等待的必要。大约在预定时间的一个小时前，我们就听到大门传来一声闷响。

——咚！

这一定是对面有人用大锤敲打的声音。

人群里几乎就要爆发出"哇"的欢呼声来,我连忙制止众人。因为敲打的声音还在继续。

"外面在传达信息!安静!"

那是单纯用于军事用途的通用国际信号。即使不问"米拉尔·基拉尔",我也能理解这些信号。

"负责打开这扇门的特务部队很快就会到达。"

"再等大约一个小时。"

——上述就是信号的内容。

"嗬,他们真的来了?"

"这样我们就得救了吗?"

"真、真厉害啊,七海联盟。"

"我还不敢相信。"

众人纷纷发出惊叹的声音。我也有同感。

与七海联盟相比,无论是魔导师行会,还是我的祖国希西巴尔的军队,在应对紧急情况的组织工作上,相互之间的差距就像大人和小孩似的。

我轻率地委托了七海联盟,在这之后,我真的能负起责任来吗?

虽然心里产生了其他的不安,但也没有办法,因为确实顾不上那么多了。

就在我感到心情复杂的时候,基拉斯特尔突然使劲地拍了拍手。

第七章

"好了,各位!现在我们必须告诉各位一件事,这是非常重要的事情!"

那是开幕式时压倒了所有人,如同剧院歌手一般嘹亮的声音。

所有人都不由自主地看向他和他身边的姐姐。

"这是一个关乎生命的重大问题。当然,我想各位都已经知道……我们受到了神秘凶手的攻击。这种攻击现在仍然在继续,换言之,各位都处于被'污染'的状态。"

他的态度很平静。

但是,这家伙到底想说什么呢?

"我们不能让受到污染的各位就这样离开紫骸城。假如这是一种堪称危险魔导病毒的恶劣诅咒,如果让你们到外面去,世界就会毁灭。作为战地调停士,我们当然不能放任这样的事情发生。"他装模作样地摇了摇头。

"你、你想说什么?"我战战兢兢地问道。

基拉斯特尔的眼神变得无比冰冷,仿佛在嘲笑一切。然后,他点了点头。

"我们将在这里,'解开'这一连串事件的谜团——无论这会给各位带来什么后果,我们都不负任何责任。即使想拒绝——"

弟弟的宣言说到一半,姐姐马上补充道:"也是无用——"

那是可怕的、清澈无比的、让人毛骨悚然的声音。然后,弟弟进行了总结。

237

"——因为已经没有其他出路了。"

3

巴特洛古森林。

植物都如同大蛇一般,扭动着长满疖子的粗壮树干,相互缠绕着,覆盖整个空间。无论走到哪里,身后总是回荡着魔兽的吼声、等待猎物的气息、撕咬猎物的声音、被撕咬的猎物的惨叫声。这里确实到处都充斥着黑暗,就连白天也昏暗无光的,是世界上最危险的可怕魔境。

"呼、呼、呼——"

森林里,有一个人影在奔走。

那家伙踏着无助的脚步,跑得气喘吁吁,却像着了魔似的,不断向前迈步。

他的双手抱着某个东西。要是把那东西扔掉,应该就能跑得更快,但他根本没有把它扔掉的打算。

"呼、呼、呼——呜哇!"

他被树干绊住了,摔倒在地,变得浑身是泥,但他仍旧没有放开手里的东西,跟跟跄跄地站起来后,继续向前跑。

耸立在他身后的是紫骸城。

那家伙拼命想要远离高耸入云的城塞。但是,那座城塞实在太大了，不管他怎么跑，城塞都没有显得更小一些。

"呼、呼、呼、呼——"

虽然他在拼命奔跑，但在周围森林所散发的犹如恶魔般的压倒性气息面前，他的身影实在太渺小了。

而且，很快就到了证明这一点的时候。

一头魔兽跳出来，挡住了他的去路。

那家伙的脸僵住了。虽然他立刻吟唱火焰咒语攻击魔兽，但即使从正面迎上了火球，魔兽也没有受到任何伤害，还是站在原地。

然后，魔兽慢慢地靠近了那家伙。

"啊，啊啊啊，啊……"

那家伙抱着怀里的东西往后退。就算不情愿，魔兽嘴里那寒光闪闪的大牙也会映入眼帘，叫他无法动弹。

就在这时。

"普缇威？"

这种不可思议的声音从他的身后传来。

接着，魔兽歪了歪脑袋，突然就对他失去兴趣，不知跑到哪里去了。

"咦？"

就在他发愣的时候，身后又传来了类似用指尖敲打物体的声音。

"真是的。没有相关的知识还敢在巴特洛古森林里走动，你真是疯了。"

年轻男子的声音让那家伙猛然转过身来。

那里站着一个不可思议的人。

即使身处巴特洛古森林之中,他那修长的轮廓和沉稳的举止,也有着不逊色于周围那恶魔气息的存在感。而且,那个人的半边脸上,覆盖着一张奇特的装饰面具。

男子用指尖敲着面具,发出有节奏的咚咚声。

而且,他身披的斗篷领口上描绘着某个纹章,那就是——

"啊……"

就在那家伙哑口无言的时候,蒙面男子走了过来。

然后,突然开始讲解。

"刚才那头魔兽不是要吃你,只是因为有陌生人闯入了自己的地盘,所以来进行确认,但你却特意对它发动攻击,真是太愚蠢了。幸好你很弱,要是你的攻击强大得足以让魔兽产生警戒心,你早就已经被杀死了。顺带一提,刚才的叫声是我在模仿某种体内有毒的小型鸟类的叫声。魔兽会避开那种小型鸟类,这样至少也有些许驱赶魔兽的效果。不过,如果魔兽要跟你拼命的话,这种小把戏自然就没有意义了。"

听到这里,那家伙叹了一口气。

"不要小看这片森林。我接受过世界第一的冒险家的直接指导,所以很清楚这片森林有多可怕。就算你独自跑出来,也不可能从这片森林逃到外面去。"

第七章

"……"

听蒙面男子的语气，似乎早就知道那家伙要逃离紫骸城。

一切都不出所料——他就给人这样的感觉。

而且，这也符合蒙面男子衣领上的那个纹章的印象——象征着人与人手牵手的纹章，全世界只有二十三人佩戴。那就是——

"战、战地调停士——"

听了这句话，蒙面男子平静地点了点头。

"没错。你要知道，你已经在七海联盟的管辖之下了——'凶手'先生。"

*

"那么——关于在这座紫骸城里发生的事件，目前大致已经有两种假说。"

面对众人，基拉斯特尔开始进行陈述。

"一种意见是，这是对行会怀有怨恨的某人以毁灭行会为目的犯下的罪行。另一种意见是，这是建造紫骸城的李·卡兹的诅咒生效的结果——其实还可以把列库马斯·雷里希提到的上述两者的相互作用作为第三种假说，但就思维方式来说，是两种。"

列库马斯·雷里希？为什么会在这里提到一个历史人物的名字呢？我有些疑惑，但决定把这当成某种学识来考虑。我瞥了一眼身边的佐恩·唐，只见他面色苍白，脸上满是惊讶的表情。不过，他从刚才开始就一直表现得很惊讶，因此也可以说是没什么变化。

"这两种假说的共同点是——无论哪种情况，行凶手法都是利用魔法咒语。由于聚集在这座紫骸城的人们都是魔导师，所以事实上所有人都是犯罪嫌疑人，包括被杀的受害者在内。比如，第一个死去的尼加斯安格爵士，也有可能是发动了通过献祭自己的生命而成立的特殊诅咒。"

听到这里，我大吃一惊。因为这种说法确实很有可能。这样一来，尼加斯安格爵士那异常的干涸尸体就不难理解了。毕竟在大会的全体参加者之中，他的实力是最强的。

"但是……"姐姐米拉洛菲达冷冷地说，"这恐怕不是正确答案。"

"为、为什么？"

在我几乎要接受这种说法的时候，却又突然听到否定意见，这让我忍不住开口反问。于是，弟弟立刻开始解说。

"尼加斯安格爵士对行会没有这种深仇大恨。何况他对于参加极限魔导大会表现出了很高的积极性，还决心要再拿一次冠军——这已经在事前调查中得到确认。而且资料显示，从家庭关系的角度来看，存在怨恨的可能性也不高。有人也许要问，尼加斯安格爵士真的没有怨恨吗？毕竟，人类总会有各种理由心怀怨恨——但就他而言，恐怕没有。"

"为什么你能这样断定？"

"因为他的专长是防御。从进攻型魔导师的角度来看，他没什么了不起的。"弟弟干脆地说。

我们无言以对，他则是耸了耸肩，充满自信地说："至少，如果他施了咒语，我和姐姐不可能看不出来。"

"因为上届冠军尼加斯安格在行会里很有名。所以，他有什么本领，当然也是众所周知。如果他有所动作，我们基本上就能想象出背后的原因。"

"你的意思是有关他才能的性质已经分析完毕，结论是不符合这一系列事件的属性？"

"没错。而且从这个角度来看，其他受害者也几乎不可能是凶手。"

既然如此，为什么要特意提出这个说法呢？我不禁这样想道。

"那么，果然是李·卡兹的诅咒吗——但是，为什么三百年来都没有发动过的诅咒会突然发动呢？这就是问题所在。难道是在之前的极限魔导大会没有出现过，只有这次的大会才有的某种特殊的事物触发了诅咒吗？如果是这样，那种特殊的事物又是什么呢？"

基拉斯特尔环视着列坐的大会参加者。

"总的来说，和上届大会相比，阵容并没有太大的变化。毕竟这个大会的宗旨，现在已经变成了只在行会内部通用的权势的确认，所以参加者的阵容不可能有多大的变化。但是……"

他"扑哧"一声笑了出来。那是一个莫名天真的笑容，一个会让人感觉非常不愉快的笑容。

"本届大会混进了一些罕见的人物，比如我们双胞胎。'米拉尔·基拉尔'应该属于相当罕见的例子吧？"

听他这么一说，众人一下子就变了脸色。

正当所有人都开始产生某个想法的时候，他们自己就已经把它说出来了。

"对极限魔导大会没有半点执着，来路不明的存在。所属组织是和行会毫无关系的七海联盟，不知到底有何企图。而且这两个人还说，他们的目的是对存在于人类身上的'本能'进行研究，简直莫名其妙——是不是听着就很对路呢？难道是因为我们进入了紫骸城，所以李·卡兹的诅咒才发动了吗？如果是这样的话，那就真是太光荣了。简直就像获得了李·卡兹的青睐一样。"

弟弟高兴地说，姐姐则是面无表情。

"怎、怎么会这样……"有人发出颤抖的声音。

"因、因为你们是'费尔法斯拉特'吗？因为你们和李·卡兹的血统相连，所以你们入城后，城塞就觉得迎来了新主人，于是再次苏醒过来——"

"血统？"基拉斯特尔皱起了眉头。

"血统啊……"

然后，咯咯地笑了起来。

"有什么好笑的？"

"血统到底指的是什么？"

"咦……"

"到底是指什么？你是指孩子身上会有和亲生父母相似的缺点吗？还是指这些父母强加给孩子的偏见的积累？"基拉斯特尔发自内心地嘲笑道。

"当你思考生物存在的基本原理时，所谓优秀的血统，就是一种在本质上自相矛盾的想法。通过与不同于自己的异性交配，创造出不同的生物——生物就是不断重复这种可能性的存在。正因为孩子是与自己不同的存在，所以父母才有创造孩子的意义。如果孩子与父母一样，或只有对父母的继承，结果就只是让本应改变的东西变得停滞不前，从世界'潮流'的观点来看，那只不过是'落后'。曾经改变过这个世界的所有过去的存在，都是常识意义上的'异类'——这一点同样适用于李·卡兹本人。于是她亲自下手，使得孕育她的费尔法斯拉特血统几乎覆灭。"

他感慨地摇了摇头。

"归根究底，都已经过去了三百年，父母的性状如何也不重要了。与此相比，正是对环境变化的适应，决定了我们现在的性质。以前饮食生活恶劣的民族变得富裕起来，他们的孩子的体格也就发生了变化，这样的例子应该比比皆是吧？"

"但、但是……"

"不过，出于对死亡的悲伤，希望把父母的意志传承给孩子的心情也不是无法理解。但这样一来，血统反而就像虚无缥缈的祈祷。紫骸城理应是纯粹的'兵器',我不认为它会受到那种天真的东西的影响。如果有所动作,也应该是出于更实际的理由。"

"那、那会是什么?"

"嗯——"

基拉斯特尔轻轻地点了点头,脸上的笑容消失了。然后,他平静地说:"不只是我们。"

"咦?"

"进入紫骸城的人之中,未曾有过先例的不只是我们这对双胞胎。不,应该说像我们这样的存在,或许是有过先例的。但是,'他'却一直生活在与行会无缘的地方,使用魔法的方式也不同于其他的魔导师。具体来说,这意味着长久以来,他总是以更现实、更具实战性的方式使用魔法。这方面的魔导专家,以前应该几乎没有在极限魔导大会这种封闭的场所出现过。然而,本届大会却有这样的人混进了这里。"

他的声音很平淡,不含任何感情。

但是——但是他所说的,他的话里所指的人,就是——

"……"

几乎所有在场的人都把视线投向同一个方向。

"如果紫骸城是为了迎击敌人而建造的存在,那么反过来说,迄今为止的三百年里,陷阱的机关之所以没有被触发,只是因为过去的人们'运气太好'——他们没有足够的能力落入这个陷阱。但是这次，足以跨越这一境界线的强者，终于踏入了这座城塞——这不就是原因吗？如果要用别的词语来概括这样的人物，那就是'英雄'吧？"

"……"

众人的目光变得更加锐利。他们的视线所及之处，正是我——弗洛斯·弗罗雷德魔导上校。

4

"不、不可能——"

我不由得往后退。

"——我、我是？"

但是被他这么一说——

"被这么一说，你也意识到了一些事情吧。"

面对惊慌失措的我，米拉洛菲达用低语般的声音乘胜追击。

"最初进入紫骸城的时候，自己被莫名其妙地送到远离传送纹章的地方。而且，紧接其后到达的尼加斯安格就被杀死了——你是这么想的吧？"

"！"

"仔细想想，确实还有很多奇怪的地方。"

这次是基拉斯特尔凑了过来。

"偏偏就是在自己担任代理裁判的比赛中，出现了下一个受害者，这也太凑巧了。而且，自从进入这座城塞以来，就觉得自己有一种奇怪的感觉……"双胞胎站在我的立场上，平静地进行说明。

"唔、呜呜……"

"是啊，也许自己是被李·卡兹的亡灵之类的东西给附身了。以为自己的行动是出于自由意志，但仔细想想，为什么自己要如此积极地解决这些事件呢？自己是如此主动行事的人吗？被称为英雄这件事，已经让自己有些疲惫了，为什么还会积极地采取行动呢？"

明明是双胞胎在低声细语，我却不禁觉得，这是我本人在如此诉说。

"唔……呜呜。"

"第三次行凶——那场大屠杀也是如此。最初的现场，难道不是事先做了让门不会打开的简单手脚，然后在打开门的那一瞬间，对着那细小的缝隙打进了火焰咒语吗？所以才会发生爆炸，理应将魔力完全吸收的门也未能起到防御的作用。如果之后再假装调查，任意让人打开门后再将其烧死的话……一开始是因为要让乌兹·夏欧和U2R作为目击者，所以才没有这么做。证据就是，连同房间一起爆炸的就只有最初发现的受害者——"

淡漠的话语向我扑了过来。

"呜呜呜呜——"

"如果这些事是自己做的，准确地说，如果是附在自己身上的另一个人格做的，感觉一切就能说通了。沃尔哈夏也是来和自己见面之后就死了，说不定自己当时在不知不觉之中诅咒了他。"

"呜呜呜呜呜……"我被步步紧逼得喘不过气来。

"你觉得如何？"基拉斯特尔问。

"你是不是也开始觉得，这就是真相了？"

我……

"不……这有点奇怪。"插话的是佐恩·唐。

"你的推理有牵强和不合理的地方。毫无疑问，弗罗雷德上校是一名优秀的战士，确实有可能陷入李·卡兹的警戒网……但是，此后的解释有很多奇怪的地方。"

"哎呀，裁判长。"

对于佐恩·唐的抗议，基拉斯特尔毕恭毕敬地行了一礼。佐恩·唐不理他，继续解释道："使用传送咒语到了别的地方，后来尼加斯安格死了，这两者之间没有因果关系。拉马德大师和特里亚兹的比赛，原本应该由你们'米拉尔·基拉尔'担任裁判。是我让你们退出，上校只是遵从了指示。要说可疑的话，是你们更可疑。最关键的是，在大屠杀的时候，尸体的发现者并非只有上校一人。当时有数名警卫在场，有几具尸体还是我发现的。从上校最初发现尸体的房间爆炸，到其他尸体被发现为止，在这段短暂的时间里，上校不可能走遍所有的房间并把所有人烧死。再说，根据尸检结果，我们已经知道了受害者的死亡时间大约是昨晚，和刚才你所说的行凶时间不一致。而且，你们根本没有解释乔装成特里亚兹的女盗贼为什么会死亡。那究竟又算是怎么一回事？"

"嗯。"

对于上述反对意见，基拉斯特尔仍旧表现得毫不在意。

"哎呀，正如你所说，裁判长。李·卡兹的诅咒附身于弗罗雷德上校从而实施犯罪的观点，的确相当牵强。"他老实地撤销了刚才的发言。

"……"我仍然目瞪口呆，无言以对。

于是，基拉斯特尔继续说道："那么，我们就假设被附身的是上校以外的人，还有谁可能被李·卡兹的诅咒附身呢？这就真的没有头绪了……勉强能解释过去的，也就只有上校而已，其他的人物都没有牵涉所有的事件。这个推理方向就到此为止了。"

"说什么'到此为止'，那接下来该怎么办？"

"所以，余下的可能性就是答案。"

"但是，也就是说……"

余下的假说，也就只有看起来最不可能的，即对行会怀有怨恨的某人犯下的罪行。这个假说很简单，却也因此最难以理解凶手是如何作案的。

"而且，凶手是单独作案。"基拉斯特尔断言道，"虽说是复数犯罪，但魔导师行会的组织内部太缺乏相互信赖了。如果在实施犯罪的同时还要提防同伴告密，就不可能做到如此极致。所以凶手只有一个人——他策划了一切，成功地让紫骸城陷入恐怖之中。"

"凶、凶手是谁？"

基拉斯特尔故意无视佐恩·唐的问题，突然说道："首先让我们从最简单的问题开始解决吧。关于在斗篷下被冰柱刺穿背部而死的拉马德大师，坦白说，这不是值得思考的问题。只要有情报，问题马上就能解决——看！"

他突然指向人群中的一个角落。被指着的某人吓得僵住了。

那是我和乌兹·夏欧也怀疑过的，与拉马德大师极为亲密的人——名叫塔伊阿尔德的金发男子。

"啊——"他的脸色苍白。

"好了，从实招来吧！如果你不解释，我们就没法继续说下去了！"基拉斯特尔大声喊道。

"呜、呜呜……"塔伊阿尔德在颤抖。

"在事件发生之前，为了激励拉马德大师，你不是去见他了吗？你先告诉大家，当时发生了什么事！"

"呜呜呜呜呜呜！"

这番盛气凌人的话，让塔伊阿尔德放声大哭。

"不、不是我的错……是、是那个人，那个人……"

泪如雨下的塔伊阿尔德用沙哑的声音说着类似辩解的话。

"他想和你分开吧？大致上能猜出来，因为你们所谓的亲密关系本来就很可疑。拉马德大师是里巴丹公国魔导战士团的首席顾问，而你虽然算是个普通的精英,却只是以后在行会内也无法上位的低等警卫,他又怎么会对你认真?你只是被他玩弄了吧?"基拉斯特尔带着嘲讽的口吻说。

"对于拉马德大师来说,你只不过是一个有点危险的玩伴。你却对一个比自己的地位高得多的人动真心了——这部分是我的想象,如果我猜错了,你就直说吧。"

"呜呜呜呜……"塔伊阿尔德只是哭倒在地,没有任何反驳。

"我就当你是承认上述猜测,继续说下去了。总而言之,情况就是这样。"

说到这里,基拉斯特尔突然开始模仿塔伊阿尔德的举止。

"'为什么?我、我们不是结下了深厚的情谊吗?'"

接着,他又开始模仿拉马德大师。

"'哼,你以为我会对你这种傻瓜认真吗?这种想法本身就足以证明你的愚蠢。不要再靠近我了!接受你这种人的声援,只会让我的武运一落千丈!'"

当所有人都目瞪口呆的时候,基拉斯特尔的举止又恢复正常了。

"塔伊阿尔德为自己的密友祈愿胜利,却遭到如此冷漠的对待——他深受伤害,自己无法治愈这个伤口,只觉得怒火中烧。因为之前也有协助准备赛场,所以塔伊阿尔德正好就拿到了上一场比赛刚刚清理掉的冰柱。"

基拉斯特尔耸了耸肩。

"然后，他将冰柱刺向了背对着他的拉马德大师。简直就是低俗戏剧中常见的爱恨交织的结局。不过，这时候却发生了不寻常的事情。对吧，塔伊阿尔德？"

塔伊阿尔德已经不再哭泣，相反，他的整个身体都在颤抖。

"是啊，不知道怎么回事，尽管背部被狠狠地刺伤了，拉马德大师还是继续披着斗篷，快步离开了！这到底是怎么回事？而且，由于拉马德大师把剑插在腰间，剑鞘的前端向后突出，因此在外形上难以和刺在背部的冰柱进行区分。于是他就这样进行比赛，然后理所当然地，不久之后因伤而死了。"

基拉斯特尔说得仿佛亲眼所见，在场的听众都为之哑然。

"……"

"正是如此。冰柱不是突然出现在斗篷下面，而是在比赛之前，就已经刺在受害者的背部。只是拉马德大师没有意识到自己正在被杀害。死因和行凶手法都极其简单。"

在弟弟的说明之后，姐姐又补充道："奇妙的是被杀害的拉马德大师，而不是将其杀害的人。而且——制造出这种奇妙场面的人，才是真正的'凶手'。"

那美妙的声音，就像在逐渐渗透整个大厅。

"凶手对整个魔导师行会怀有深深的敌意和憎恨，他的目的是把大会变成地狱——"

姐姐闭上嘴的同时，弟弟立刻接过话来。

"拉马德大师的死，也只是其中的一部分。那些神秘的现象只不过是附属品而已。"

双胞胎简直就像在进行双人轮唱似的。他们的声音是如此美妙，正因如此，才会将听众的心搅得鸡犬不宁。

"这一系列事件，从一开始就伴随着这种不协调的感觉。从踏进紫骸城的那一刻开始，这种感觉就一直伴随着我们。各位是否都感觉到一股莫名的不安涌上喉头呢？"

这个问题让众人面面相觑。

所有人脸上的表情都仿佛在说"你也是吗？"，我也是从被传送到紫骸城的那一瞬间起，就一直有这样的感觉。

总觉得——喉头发涩。

这是全体参加者的共同感觉吗？

但是，真的会有现象能使性格、擅长的魔法、体质都各不相同的人们，产生如此相通的感觉吗？

"各位一定都以为'在日常生活中，自己是基于自身的意志思考问题，基于自己的内心做出判断'。然而，这是错误的。人类的大多数行动，取决于与意志无关的'本能'。有人认为，相比其他动物，人类更不容易受到本能的支配，所以智能才会得到发展——这完全是自我陶醉，只是不了解自己而已。"

基拉斯特尔无奈地摇了摇头。

"人类几乎没有选择的自由。只是依照适者生存的大原则，遵循

第七章

设定好的行动模式,人生就在眨眼之间流逝了。"

"恋爱,做梦,想变强,想有更好的生活,想成为比别人更优秀的人,想成为特别的人——所有的这些,无奈都不是由人类自己决定的事情。人类无法摆脱这一点。"

"悲伤、憎恨、喜悦、愤怒……没有人教过你们,但不知为何,所有人都理解这些感情——因为这些感情不是由你们创造出来,而是事先形成的,你们只是遵循而已。"双胞胎对我们说道。

但是,这对姐弟到底在说什么呢?本能?

和这一系列事件又有什么关系呢?

"哎呀,只要知道,'谜底'就很简单了——你们之中,没有人会不知道'那个'。"

基拉斯特尔的话音刚落,被双胞胎派去保管场所的U2R将一具尸体运回来了。

"我回来了。"

他推着一台手推车走进大厅。手推车上是沃尔哈夏公爵的尸体。

那具异样的尸体上,到处都是伤口。死因是失血过多,但没有人知道,那些血液到哪里去了。

"各位,发生什么事了?"U2R问道。

寂静无声的大厅似乎让他感觉有些异样,但基拉斯特尔没有理会他的提问。

"哎呀,拟人器,辛苦了。你来得正是时候。"

"那么，重新观察这次的事件，就会发现所有的被害方式都有一个明显的共同点。这个共同点，可谓是魔法基本中的基本。"

他用一种谆谆教导似的，显得有些啰唆的口吻对我们说道："首先是尼加斯安格爵士，他的全身变得干涸枯竭；然后是拉马德大师，正如我刚才所说，他的背部被冰柱刺穿；第三起案件是大量的受害者，他们全都被火焰烧死；第四起案件是乌兹·夏欧，她也是被烧死；第五起案件是沃尔哈夏公爵，就是现在这个样子——怎么样？很简单吧？"

"什么东西啊？"佐恩·唐发出焦躁的声音，"到底有什么共同点啊？这不是零零散散的，根本没有脉络吗？"

"是吗？要现在的你们找出这个共同点，或许的确有些困难——但是，这种东西真的只是基础而已。"

"就算你这么说……"佐恩·唐向茫然的我投来求助的目光。

我仍然困惑不解，但还是说："这……这么说来，第三起案件的火焰和第二起案件的冰柱的源头'水'，在魔法力学上正好处于相反的位置……"

"以水灭火"——这是防御魔法的基础之一。

说到基本，我想到的就只有这些。然而，听了我这语无伦次的回答，米拉洛菲达却竖起了手指。

"——好！"

基拉斯特尔也噼里啪啦地为我鼓掌。

"正是如此，弗罗雷德上校——答案是'水'，水就是这一系列事件的关键。"

"你在说什么呀？"

"所以说，第一个受害者是因为被剥夺了全身的水而死亡的；第二个受害者是在没有意识到水的情况下死亡的；第三起案件的受害者死于水的相反属性——这些都是非常明显的同一性吧？"

"这一系列事件从一开始就与'本能'有关。"米拉洛菲达平静地说，"'那个'只是生效了而已——与水有关的本能就是一切的元凶。"

"所以说，这到底是怎么回事？！"

当佐恩·唐的近乎惨叫的声音在大厅里响起时，双胞胎不约而同地露出了微笑。

他们以此为乐。

这两个人让所有人陷入一片混乱，还非常享受这种处境——我的心里只有这种想法。

"人类，为了维持人类这一状态，首先要做的事情是什么呢？"

为了让人着急，他们又问了一个莫名其妙的问题。

"这种哲学问题根本不重要！"

"既不是哲学，也算不上难题。不，这就是最简单的事。"

"各位来到紫骸城，是为了做什么事？嗯，是为了参加极限魔导大会。那么，理所当然，各位应该见证了第一场比赛吧。"

"参赛选手在这里吗？哎呀，不在这里。啊，对了，两名参赛选手都在第三起案件中被烧死了。那么，接下来的事情就只能依靠想象来填补了——"

听着双胞胎像歌唱似的说话，我逐渐开始明白了。

那、那是……

第一场比赛极具戏剧性。直到现在，我还能清楚地回想起来。

原以为那个参赛选手只是粗心大意，没想到他是通过极其精密的计算诱使对手发起攻击，然后……但是，现在再仔细想想，当时决定胜负的，不就是刚才"米拉尔·基拉尔"指出的"冰柱"吗？我原以为那个对手是在特殊的古代咒语的作用之下变得无法识别冰柱了，但是……

但是，我们已经知道了，这不仅仅是对战双方的意志的作用。也就是说——

"被、被施了'印象迷彩'？"

那不是当时对战的两名魔导师施展的咒语，而是"凶手"……对全体参加者施下的咒语吗？！

印象迷彩。那是一种侵蚀内心，阻碍正确认知的幻觉类咒语。它没有物理上的威力，只作用于精神层面，随着文明的不断发展，已经变成了不起眼的、落后于时代的咒语。

但是——但是，这个"印象迷彩"，现在却让我们——

"到……到底是什么东西？"有人忍不住发出声音。

第七章

"施展在我们身上的'印象迷彩',到底是让我们在心里忘记了什么东西?!"

双胞胎不作任何反应,若无其事地继续自说自话。

"这个'印象迷彩'是在什么时候、什么地方设置的?这就是问题所在,但也没必要多想。当然就是在全体参加者都必定会吟唱的同一种咒语——'传送咒语的咒符'上。不必我们多费口舌,事情正如各位所说。换句话说,对于凶手而言,紫骸城作为犯罪现场的必然性就仅此而已。"

"凶手与李·卡兹的共犯关系,简而言之,只存在于这座完全封闭状态的城塞。这里用不上超高水准的咒语,只要施展一次'印象迷彩',接下来就只需要等待——"

"所、所以说!"

"所以那到底是什么东西?!"

"假如我们一直处于被施下'印象迷彩'的状态,这种异状、这种副作用是……"

由于过度焦虑,大厅里到处都响起了嘶哑的声音。

基拉斯特尔把手伸进怀里,从那里抽出一把短剑。

然后,把短剑交给姐姐。

他们想干什么?大厅里瞬间安静下来,就像观众在等待魔术师的表演。

"这也是我们的想象,沃尔哈夏公爵的这具可怜的尸体……"

米拉洛菲达不慌不忙地迈着步伐，走到U2R运来的尸体前，停在了一个方便向众人介绍的位置。

"恐怕是因为一件极其无聊的事而死亡的。是的，一定就是这个伤口吧？"

短剑的刀锋在公爵的尸体上探索着，就像描画似的，然后指向尸体指尖上的一道没有血的伤痕。

但是，那道伤痕并没有多么特别，看上去只是普通的擦伤。

"大概是坐在那把过分豪华的椅子上打盹儿的时候滑倒了吧？看起来就像被扶手的坚硬部分刮到了。"

"为、为什么这会是死因？"

"难道是有病毒从那里入侵吗？"

美丽的姐姐没有回答这些问题，只是微微地摇了摇头。

"人类这种生物啊——"

她的短剑在尸体上移动着，就像在摆弄这具尸体。

"身负各种束缚，不自由得令人悲伤，但其中最具威胁性的是欲望受阻时产生的反作用力——换言之，就是因欲求得不到满足而引起的饥饿，这是最可怕的。古往今来，史上著名的屠杀事件，往往就是无法满足的欲求最终爆发的结果。统治者残害百姓，几乎都是长年累月对百姓'不服从'的不满所致；相反，将统治者和其族人全部杀死的革命，也是因为百姓自身的欲求长期受到统治者的阻碍，最后演变成了过度的杀戮。"

那是在战地调停士"米拉尔·基拉尔"的工作中占了绝大部分的,惨烈的战争领域的故事。

"那个领域不存在任何抑制。"

那里才是这对双胞胎工作的地方。

"我认为,阻碍欲求是世界上最具破坏力的行为——在这一系列事件之中,凶手的目的就正是为这最后一击做足准备。当人类回想起'印象迷彩'让他们遗忘的欲求时,将会不得不展现出爆发性的反应——越是根植于本能的欲求,就越是如此。就像根植于种族存续欲望的性欲往往会摧毁人的理性一样,这次的事件也具有极高的危险性。"

这番长篇大论在平淡的描述之下,反而有一种任何人都无法插嘴的不可思议的节奏。

"沃尔哈夏的死,其实很好理解——手指被刮伤后,他看到了伤口,也看到了从伤口流出的血。接下来,他不经意的行动,带来了致命性的后果。他品尝血液的味道,感受血液的流动,然后——"

她用力地挥舞短剑。

"呜——"

"呜呜——"

那时,我们所有人都已经知道她在说什么了。听到"放进"嘴里这个解释的时候,我们就回想起来了。

太难以置信了。竟然会忘记那件事,这真的可能发生吗?因为那件事被禁止至今，确实会爆发性地产生那种冲动吧。这难道不是关系到生存本能的根源吗？那是——那件事就是——

"是的，他回想起'喝'这件事了！"

米拉洛菲达的短剑一闪，大量的血液就从沃尔哈夏的身体向外溢出。血液并没有到哪里去，只是从血管移动到肠胃之中。

在长久没有"喝"过液体的反作用所导致的干渴之下，公爵喝光了自己的血液——

就在这一瞬间，爆发产生了。在场的几乎所有人都感受到了那种冲动。

"——呜呜呜呜！"

"——呜呜呜呜哦哦哦啊啊啊！"

惨叫声在轰鸣，在场的人几乎都跑了起来，扑了过去。

他们聚集在溢出的血液周围，将嘴巴凑过去，试图喝下哪怕一滴血。

"——喝……喝……喝！"

"喝！喝！"

"喝喝喝喝喝喝喝喝！"

"给我——给我喝！"

那是让人心生恐惧的光景。

几十个人就像群集在砂糖上的蚂蚁一样，聚集在老人那惨白的尸体周围，一边把其他人推开，一边啜饮着从他的五脏六腑中涌出的血液。

"液体，是用来'喝'的东西。"

米拉洛菲达的冰冷声音，在可怕的喊声中响起。

"这是人类出生后，仅次于呼吸所进行的先天行为——这是没有人教过我们的'本能'之一。"

但是，她的声音几乎无法传达给任何人。尽管如此，基拉斯特尔还是继续解说道："吞下固体和喝下液体是两种不同的动作，但人们在平时并没有意识到这一点。因此，即使在用餐的时候，各位也没有意识到自己忘记了'喝'这件事。各位在进入紫骸城后，就没有喝过一滴液体。各位也意识不到，自己根本没有做过这种大会上必定会有的'干杯'动作。"

"被布置成食堂的大厅里弥漫着一股寒意——"

"没有人说话，大家都只是默默地把送上来的饭菜塞进嘴里。总觉得，所有人似乎都吃得非常艰难——"

"我也是一样，总有一种食物被卡在喉咙里的不协调感——"

——当然会吃得艰难。因为我们用餐的时候，根本没有喝过任何液体——没有热汤，没有水，也没有红酒。

"……"

我动了动喉咙，咽了一口唾沫。

直到刚才，我甚至没有做过这个动作。我不禁回想起以前扁桃体肿胀的时候。明明会带来疼痛，却下意识地想把唾沫咽下去，结果让自己非常痛苦——而且，这个动作非常频繁。因为人类，就是二十四小时都在进行"喝"这种行为的生物。然而，自从进入紫骸城后，就一次都没有——

被传送到紫骸城前，我在飞艇上喝过茶，那种口感现在就在脑海里突然复苏，几乎要让我变得神志不清了。

我茫然地站在原地，只听见米拉尔·基拉尔的声音传入耳中。

"即使在意识上忘记了'喝'这件事，生理上的饥渴也仍旧存在。吃下的食物里含有水分，所以不至于引起脱水症状，但是根植于喝下液体这一本能的行为受到阻碍，就引起了各种各样的身体障碍——因为水被禁止了，所以会在冲动不受抑制的睡眠中，生成与之相反的火焰烧死自己，也会无法识别冰柱，还会因为太擅长防御魔法，导致对'印象迷彩'反应过度，从而陷入把全身的水分挤出来的境地——因为水而产生的各种混乱，就是这一系列事件的全部答案。"

我……已经明白了。

之前没有注意到，只能说是粗心大意。被七海联盟要来的事吸引了注意力，以至于没有发现那个显眼的人不在这里，这显然是我的失策。

我环视着聚集在尸体周围啜饮血液的众人，到处都看不到那个人的身影。他一定已经抢先一步,从这座不可逃脱的紫骸城里逃走了。

基拉斯特尔似乎迅速地看穿了我的表情,点头说道:"没错,凶手就是娜娜雷米·穆诺吉塔贾哈尔。"

*

"凶手就是你,娜娜雷米女士。我应该称呼你穆诺吉塔贾哈尔,还是摩根的遗孀呢?"

在巴特洛古森林的一角,蒙面的战地调停士对娜娜雷米说道。

"没想到还有人这么称呼我……不管在什么情况下,我都很高兴。"

她把一个铁皮人偶紧紧抱在怀里。

"那对双胞胎送来的情报里,只有案件的概要,没有案件解决的相关内容……不过,紫骸城里发生的一系列犯罪行为,只有两个人有能力实施——就是你,以及……"

娜娜雷米面不改色。尽管如此,战地调停士仍然盯着她。

"奥布尔法斯·居伊·古尔多兰·沃尔哈夏公爵。"

他一边用指尖敲着面具,一边开始说明。

"你是穆诺吉塔贾哈尔家族的继承人,对极限魔导大会有相当大的影响力;公爵是现任统帅,可以随心所欲地做任何事,因此嫌疑也最大。而且,你们两人从一开始就是共谋关系。一方想要逃离穆诺吉塔贾哈尔，而另一方也为了确立自己的权力，最迫切的需求就是让仍旧根深蒂固的穆诺吉塔贾哈尔的威望扫地。所以，公爵不仅支持你和亨利·摩根的秘密关系，还为揭发此事发挥了作用。"

娜娜雷米的眉毛悲伤地拧了起来。也许是想起了自己要被带回去的时候，丈夫为了保护自己而死去的情景吧。

"失去亨利后，你不得不回到穆诺吉塔贾哈尔。那时候，上一代家主已经处于弥留之际。你当时有什么感想？"

"我只觉得，真是活该。"她平静地说。

蒙面男子也点了点头。

"理所当然的答案。不过，对方肯定不是这么想的。他大概就自顾自地认为，不肖的独生女终于洗心革面了……不是吗？"

"是的，你说得没错。因为他当时对我说，'你终于醒悟了'。"

"毕竟那种人总是以为，在自己看来是正确的事物就是绝对正确，只要不符合这个条件就是愚蠢。这倒也不难理解。不过，因为上述误会，再加上自身即将死去的焦虑，上一代家主不小心向你透露了一件事——那就是穆诺吉塔贾哈尔家族代代相传，只传给长子的秘密。"

"你很清楚呀？"

"这是推理的结果，再也没有其他的可能性。紫骸城是一个特殊的地方。能在那种地方隐藏某些事物的人，只有与三百年前的争斗有关的李·卡兹和奥利瑟·库奥尔特，以及——在争斗之后对城塞进行调查的冒险者一行。而且，此后仍然与城塞有关联的，就只有穆诺吉塔贾哈尔家族——比如说，没有告知其他人的，用于紧急逃生的传送纹章。"

蒙面男子指向插在娜娜雷米腰间的咒符。

"只有你，随时可以凭借穆诺吉塔贾哈尔留下的遗产，离开那座惨剧不断的紫骸城。从以前开始，这个家族就唯独擅长耍这种小聪明。而且，其中还设置了机关——使用'印象迷彩'，就足以将进入紫骸城的人全部杀死。"

听到这句话，就连娜娜雷米也屏住了呼吸。

"——说实话，我没想到那个'印象迷彩'会被人看穿。"

"不，从沃尔哈夏公爵的死相就能轻易想象出来。那对双胞胎应该也猜到了。"他举重若轻地说。

"魔导师行会长期用于进入紫骸城的标准传送咒符中，应该是植入了'印象迷彩'吧。除此之外，就没有别的机会在传送咒符中设置机关了。"

蒙面男子从怀里拿出一个装有液体的瓶子。

"这是饮用水，这里到处都是这样的东西。这种传送咒语好像会把与水有关的东西自动传送到任意的地方。反正只要放进这片巴特洛古森林，就不可能知道那些东西到哪里去了。而且，被传送到紫骸城里的人，甚至会忘记自己曾经拿着那些东西。这咒符确实精彩，设想得非常周到。不，不只是咒符，应该说这个极限魔导大会本身，就是为了在紧急情况下杀死魔导师行会的所有精锐而准备的,对吧?"

"我的父亲说了更狠毒的话。他说,这就像弄死突然出现的螨虫。"

"原来如此。但是,他犯了一个决定性的错误——他把这个秘密告诉了你,而你根本没有作为魔导师行会的统帅活下去的意愿。而且最糟糕的是,你和上一代家主极端厌恶的沃尔哈夏公爵早就串通一气——"

"我和那个人,从来没有信任过彼此。"

"这个自不用说。在这一系列事件中,公爵只是被你彻底利用了。你一定是这样告诉他的——'其实有一种利用紫骸城的机关,可以让分发传送咒符的人培养全体参加者的忠诚心。长久以来,穆诺吉塔贾哈尔就是利用这个机关来维持统治'。公爵当然不会立刻相信,但过了一段时间,他又会改变主意,认为'这很有可能'。讽刺的是,他的根据是'穆诺吉塔贾哈尔有可能做到这种程度',单从这一点来看,这完全是正确的见解。公爵似乎是因为自己的慧眼而自取灭亡了。"

"难道你当时在场,还目睹了全过程吗?"

"对于单独的个人来说,可以选择的行动范围并不大。只要情报准确,任何个人的行动都会被第三者识破。于是,公爵解除了隐藏的机关,然后把传送咒符分发给参加者,完成了散播死亡种子的任务。虽说这也算是共犯关系,但他做梦也没想到会发生那种事,最后迎来了悲惨的结局。在事件发生的过程中,他肯定一直在怀疑,这一系列事件是否与那个机关有关。"

"毕竟他也不能告诉任何人。"娜娜雷米有些落寞地说。

无法从她的表情判断出这是因为内疚，还是因为她也处于无法对任何人诉说的立场。

"你的动机是复仇吗？魔导师行会破坏了亨利和你的幸福，所以你憎恨行会这个组织吗？"

蒙面男子直截了当地问道，娜娜雷米却轻轻地摇了摇头。

"我不知道。当我意识到'我能做到这件事'的时候，就没有理由阻止自己了。"

娜娜雷米说得很淡然。她已经做好了心理准备，不做任何辩解。这就是她的态度。

"我终究没有理由活在人间。即使在这个充满虚假的世界里，我也只不过是无意义的存在——无论我被如何审判，最终也只是毫无意义吧。"

那寂寞而空虚的话语，仿佛融入了巴特洛古森林的无尽黑暗之中。

"嗯。"

但是，蒙面男子的反应却极为冷淡。

"嗯，实际上动机根本不重要，你的行为甚至也不构成犯罪，所以无所谓。"

"什么？"

蒙面男子那过于漫不经心的发言，让娜娜雷米目瞪口呆。不过，他对此不以为意，继续说道："在极限魔导大会举办之前，所有参加者都提交了一份字据，表明他们已经做好心理准备承担任何危险——即使身亡也只能怪自己。这样一来，就没法对你进行审判了。"

他摊开双手，开玩笑似的挥舞起来。

"这是什么意思？"娜娜雷米一脸不安地问。

蒙面男子却佯装不知似的，抬头望向天空。

"不，没什么特别的意思……"

角度一变，面具就会把他的眼睛完全遮住，别人看不见他的眼神。

"我不是这个意思——只要你一口咬定，说你什么都不知道，那么任何人都无法反驳。实际上，触发咒符机关的是沃尔哈夏公爵，在某种意义上，他的死法完全是自杀——哎呀，我不是想说这种话。"

"……"娜娜雷米的脸上闪过一丝紧张。

这个人在说什么？他要让她做什么事？

蒙面男子以满不在乎的语气继续说道："毕竟没有任何证据。唯一对你不利的，顶多就是你私自藏了用于脱身的咒符——"

"但是，真相不是只有一个吗？"

娜娜雷米的话，简直要让人疑惑谁才是凶手，谁又是侦探了。

"嗯？"

"至少，我是抱着'有机会的话，最好就把魔导师行会毁灭'的想法策划了这一系列事件。难道我的这份意志，还不能说是真实吗？"

娜娜雷米觉得有些生气，蒙面男子却摇了摇头。

"真实？你说真实啊——如果这些东西有用的话，世界就不至于变得如此糟糕了。"他喃喃自语，听起来似乎有些厌烦。

"什么？"没想到会被如此反驳，娜娜雷米变得哑口无言。

这时候，蒙面男子朝她看了过去。

娜娜雷米屏住了呼吸。那是仿佛要将她刺穿的锐利眼神。

"你说，你策划这一系列事件是动真格的，所以不在乎有何下场？好吧，我不会阻止你。如果你乐意就这样在巴特洛古森林中继续前进，然后迎来注定的死亡，其实也没有关系。但是……"

他走上前去，指着她抱在怀里的马口铁人偶，说道："这个，你怀中的东西就由我们接收了。这件事没有商量的余地，不能任由你随心所欲。"

娜娜雷米的表情僵住了。毫无疑问，那是恐惧的表情。

"你、你说什么？"

"那是当然的吧？因为你那自作主张的罪孽意识，他就理应受到牵连吗？你以为母亲就有权利杀死自己的孩子吗？"

蒙面男子竖起手指，轻轻地挥舞了几下。

"你就帮他取下来吧。你们已经出了紫骸城，不必在众人面前隐藏他的身姿了吧？"

这番话让娜娜雷米的脸色变得更加苍白。

她不停地颤抖。

但是，随着一声叹息，她终于按下了马口铁人偶的脖子上的一个开关。

马口铁外壳"啪"的一声脱落了,然后从里面——

"哇……哇——"

一个活生生的婴儿欢快地笑着,露出脸来。毫无疑问,那是一个真正的、活生生的人类婴儿。

"这孩子真可爱。长得不太像你,是像爸爸吗?"

蒙面男子用温柔的目光注视着那个孩子。

一直被施加在马口铁铠甲内侧的封印吸收并掩盖的天真笑声,此刻正不合时宜地在这片魔之森林中扩散开去。这笑声,既像在歌颂解放的喜悦,又像在说能够作为生命存在,这本身就是一件值得高兴的事。

"这孩子的事,我没有告诉过任何人……"娜娜雷米用虚弱的声音说道。

"我想也是。因为只要看到婴儿,所有人都会注意到'印象迷彩'所隐藏的东西——婴儿吃母乳的样子,当然是绝对不能让紫骸城里的任何人看到的。要是那样做,一切就到此为止了。但是,你又不能丢下孩子一个人,所以你才会用那样的外壳来伪装,甚至装出一副疯疯的样子。"

"你是怎么知道的?"

"我原本认为,孩子有五成概率是真的。不过,当你在这片森林里奔跑时，看到你抱着孩子的样子，我立刻就明白了——你是有'经验'的。如果从一开始抱的就只是人偶，是不可能获得那些经验的。"蒙面男子微笑着说。

"他是个可怜的孩子。"娜娜雷米一边哄着婴儿，一边用悲伤的语气说道，"我是在藏身的时候怀上了这个孩子。我太天真了，那时候，我以为我们有办法摆脱穆诺吉塔贾哈尔。但是，这个孩子刚出生，我们就被发现了——"

"亏你没有让穆诺吉塔贾哈尔本家发现婴儿啊。"

"那时候，我们刚好把孩子交给一个邻居照看。邻居是个很亲切的人，直到我后来去接孩子之前，他都一直把孩子当作自己的孩子抚养。"

"干脆就让他继续把孩子抚养成人嘛？"

蒙面男子用有些刁难的语气说道。娜娜雷米垂下了头。

"这……确实如此。这完全是我的自以为是。"

"你想让孩子留在身边，你想让他成为自己的所有物。对吧？"

"你刚才说，我'甚至装出一副疯癫的样子'……实际上我早就已经不正常了。要是没有这个孩子，我在亨利死去的时候就已经精神崩溃了。即使是现在，肯定也是这样。"

听了这悲伤的自白，蒙面男子冷冷地断言道："那你就独自崩溃吧。"

娜娜雷米惊讶地抬起头。

273

蒙面男子扬起了嘴角。

"我们一定会把这个孩子弄到手的。毕竟,他是穆诺吉塔贾哈尔的唯一合法继承人。"

这句话让娜娜雷米恍然大悟。

"七——七海联盟是打算利用这个孩子夺取行会吗?!"

"'夺取'这个词太难听了,我们只是想尽早和未来的统帅建立友谊而已。"蒙面男子毫不胆怯地说。

"魔导师行会在全世界都有影响力,但它过于封闭,只是一味沿袭先例。这个世界本就纷争重重,行会却到处充当'拦路虎',阻碍和谈进行——这就是现状。我们早就认为,这个问题必须设法解决,必须给行会这一封建组织打开一个通风口。这也是'米拉尔·基拉尔'参加魔导师的比赛,通过不断夺冠来猎取名声的动机。无论如何,发生在紫骸城的这一系列事件,是我们遇到的千载难逢的机会——我们是不会放过的。"

娜娜雷米紧张地咽了一口唾沫。

蒙面男子无奈地摇了摇头。然后,缓缓地开口了。

"顺带一提,你现在有两条路可走。一条是就这样在巴特洛古森林中变成腐烂的尸体,至于另一条,就不必多说了吧?"

"你是要我给这孩子做表率,充当七海联盟的走狗吗?"

娜娜雷米不由得苦笑起来。

"你要让我这个杀人凶手站在你们那边吗?真是无耻啊。"

"你刚才用了'真实'这个词,但战场上不存在那种东西。存在的只是处于不惜互相残杀的极限状态中,某种不甚明了的东西。而且……"蒙面男子说道,"战地调停士的工作,就是和那些不甚明了的东西打交道。我们的使命,就是将这个由憎恨和因缘凝结而成的世界上还不存在的东西捏造成一种共同观点。谎言也好,无耻也罢,我们根本无法去计较这些东西——结束纷争才是最重要的。即便是这次的情况,也是同样的道理。"

他抬头看向紫骸城。

"也就是说,你和魔导师行会——这两个势力之间的斗争,由我们来进行调停。我们能做的,就只有这些了。两者的善恶如何追究,留待日后再议。现在的我们没有余力选择最优的解决方案,那就必须从较好的解决方案之中寻找出路。"

娜娜雷米注视着怀里的婴儿。

婴儿欢叫着,正在用小手抓着她的指尖嬉闹。

"这孩子……等于已经落入你们的手中了吧?"

"是的,这是不可改变的。"

"那么,我也要跟随这孩子,这就是你所说的'较好的解决方案'吧?亨利——他一定也是这么说的。"

她点了点头,然后用坚定的语气说:"我们向七海联盟投降。"

"谢谢。"蒙面男子爽快地同意了。

只见他打了个响指,潜伏在周围的一群身穿七海联盟军装备的士兵就蜂拥而上，把她包围起来。

娜娜雷米不做反抗，任凭士兵们把她押解起来。这时，蒙面男子开口了。

"但是，娜娜雷米女士，唯独不要忘记，你确实有理由感到内疚。你是这一系列悲惨事件的策划者。当你把这件事抛诸脑后的时候，就一定会因此而遭到报复。我只希望你绝对不要忘记这一点。"

他的声音听起来很克制，但还是与刚才的理性声音有所不同，蕴含着些许感情。

娜娜雷米报以微笑。

"哎呀，如果说真心话，其实你还是不能原谅我吧？而且——"
她将视线转向紫骸城。

"对于在这一系列事件中从头到尾袖手旁观的'米拉尔·基拉尔'的做法，你同样不能原谅。不是吗？"

戴着面具的战地调停士没有回答。

5

"唉，这都什么事啊……"

佐恩·唐瘫坐在我身旁，没有站起来的意思。在这座城塞里，我们只有被打垮在地的份。

人们还群集在从沃尔哈夏公爵尸体溢出的血液周围。

第七章

我终于明白,为什么最开始自己会被转移到远离传送纹章的地方。

一定是因为即将进入城塞的时候,我正在喝茶,这种意识干扰了咒符,所以在饮料类的物品被扔出城外,而人类进入城中的原则下,我就变成了落入这两者夹缝中的存在。

从一开始……我们就已经落入了陷阱之中吗……

"咕嘟"一声,喉咙又不由自主地做出了压抑已久的"喝"的动作。

"啊、啊啊啊——我、我是——我……"U2R正在摇摇晃晃。

"我的使命——明明是帮助人类,竟然连这种事、连这种事都……"

U2R是机械,'印象迷彩'当然不会对他起效。尽管如此,他却没有注意到人们不知为何根本没喝过饮料——他似乎为此大受打击。

"我、我……"他喷出烟来,然后就倒下了。

我只觉得大脑仍旧一片茫然,甚至无法靠近他。

冲击还残留在体内,大脑几乎无法思考。

那两个人——'米拉尔·基拉尔'只是冷冷地观察着这样的我们。

"哎,血液这种东西,即使饮用过量也不会死,所以不会有危害——你们知道吗?如果是水的话,喝多了就会引起水中毒,甚至导致死亡。"

尽管他们在向大家解说,但根本没有任何人在听。

人们或推开对方，或互相殴打，为了痛饮这些血液而持续着丑陋的争斗。

简直就是地狱的亡者——我的脑海里浮现出这样的联想。

这到底是哪里？

是出现在人世间的噩梦吗？

如果这是梦境，有谁能告诉我一声吗？

如果能发狂，这该有多轻松啊？

但是——这是不可能的。

在这里，我们甚至没有迷失自己的余力。

包围着我们的，是这种压倒性的重压和存在感。

面对这些，我们只能感到茫然。

这里是紫骸城。

这是现实，在魔女李·卡兹可怕的恶意之下，我们只能被囚禁在这种唯有绝望的地方。

"呜、呜呜……呜呜呜呜……"佐恩·唐在我身边抱着脑袋。

"我受够了……我已经受够了……早知道是这样，我真希望自己没有以'死人'的姿态再次复活……"他不断地嘟囔着。

我也脚步踉跄，似乎连站都站不住了。

就在这时——

咚！

——一声闷响从我身后传来。

但是，那里什么都没有。

只有一扇无法打开的大门耸立在那里。

我把失去焦点的眼睛转向那个方向。

好像……有种不协调的感觉。

感觉和至今看到的景象略有差异。那扇门的表面有一条从未有过的"线"。这是什么东西——正当我这样想的时候，又传来了——

"啪啦！"

这次响起了一个仿佛硬物在摩擦似的尖锐声音。

眨眼之间，门上又出现了一条线。

这两条线正好构成三角形的两条边，地板则是底边。

"啊。"我试着叫喊，但只能发出嘶哑的声音。

然而，我已经知道了。这种在这扇绝对打不开的门上划出线来的事——只有他才做得到。

纵观全世界，只有一个人。

"……啊、啊啊啊啊……"

就在我呻吟的时候，眼看着三角形的部分倒向了另一边。

是的，他把门切开，然后掏空了。除了他，没有其他人能够做到这种事。

随着"咚"的一声，三角形的部分倒了下去，然后——另一边，是外面的世界在不断延伸。

"希……希斯罗……克里斯托夫！"

站在我面前的，当然是手里握着剑的风之骑士。

除了他，再也没有其他人能够用剑切开这扇绝对防御之门。

"你没事吧？弗洛斯。"

希斯罗把剑收进剑鞘，立刻走进了城塞。我跌跌撞撞地朝他走去。

"啊，希斯罗……"

*

在风之骑士踏入城内的同时，弗洛斯·弗罗雷德上校也失去了意识，朝他的方向倒了过去。

希斯罗静静地抱住了他。

"够了，弗洛斯……你很努力了。"

在此刻上校听不见的耳边低语后，希斯罗把他抬了出去。与此相对，七海联盟军的士兵们接二连三地进入了城塞。

他们立即拿起喷雾器，向紧贴在尸体周围不肯离去的人们喷洒具有麻醉效果的药品。人们扑通扑通地相继倒下，进入了梦乡。

"确实有本领！"基拉斯特尔的声音响了起来。

"我们没有报告城内的情况，但你们的应对策略倒是很完善啊。"

"如果你以为只有你们才是聪明人，那就大错特错了。"

再次回到城内的希斯罗，用略显强硬的声音对双胞胎说道。尽管属于同一支军队，但双方似乎相处得不太好。

第七章

"不过，没想到你会来啊，风之骑士。我还以为来的会是雷闪杰斯特呢。你和E.T.M不是去罗米亚萨卢斯执行停战协定的调停任务了吗？"

"任务三天前就结束了。"

"那还真快啊！E.T.M又是像以前一样，提出了那种多半会留下祸根的、半生不熟的调停方案吧？"

"因为他和要把幸存者赶尽杀绝的某些人不一样。"

"也就是说……"

在这种紧张的气氛之中，米拉洛菲达冷不防地说话了。

"他也到这里来了吗？为什么他不露面呢？"

"他说，他讨厌你们。"

"他救了那个女人吗？"米拉洛菲达目不转睛地盯着风之骑士。

"那个女人和她的孩子，现在死在这里才会更幸福。他总是这样，给这个世界增加无益之物。"

她叹了一口气。

"本质上是比任何人都要激情澎湃的人，他却以为这可以用面具来掩饰，这就是他让人困扰之处……只要有觉悟去选择随心所欲的生活，他明明就可以成为第二个李·卡兹——"

"不要一脸得意地以为自己什么都懂。"

希斯罗露出了真的动怒的表情。

"如果要对那家伙下手，你就要先打倒我。"

"就命运来说，你们其实是敌对关系。你大概不知道吧？"

"这是什么意思？"

"立于百姓之上的'君王'和走在民众前面的'先驱者'，终究是不相容的存在。"

米拉洛菲达轻声低语道。然后，她自顾自地向前，走到紫骸城的外面去了。

希斯罗用严肃的眼神看着她，但很快就加入了其他士兵，开始为魔导师们进行治疗。

基拉斯特尔也追着姐姐的背影，走了出去。

由于接二连三的地壳变动，城塞的入口已经向上移动，大约在半山腰的位置。因为原本在地面下的构造已经有近一半冒出了地面。即便如此，紫骸城依旧岿然不动。

"——姐姐！"

米拉洛菲达没有回应弟弟的呼唤。

"你怎么了？纠缠那个风之骑士，不像你的作风啊。无论你说什么，那种单纯的家伙都不会理解的。"

"……"

她将视线投向在眼下延伸的巴特洛古森林。眼神落寞。

"怎么了？"

"果然……被他讨厌了。"她喃喃说道。

听了这话，弟弟瞪大了眼睛，然后无奈地摇了摇头。

第七章

"你真的喜欢那个戴面具的男人吗?"

"不可以吗?"她冷淡地说。

"唉,因为这是'本能'的相关领域,所以本人也无能为力,是吗?"他苦笑起来。

一阵强风咆哮着扑过来。缠绕着整座紫骸城的藤蔓不停地摇晃,发出哗啦哗啦的声响。

——事件就这样落下了帷幕。

『如果不灭的事物存在，那也许就是不屈不挠、持续战斗的事物。』

——出自《迷雾中的一个真相》

第八章

inside
the apocalypse
castle

紫骸城事件

事件完全平息一天后,本人——弗洛斯·弗罗雷德,再次独自走在恢复沉静的紫骸城中。

如同我最初踏进这座城塞时一样,回廊昏暗无光,脚步声仿佛响彻所有的地方,一直传到很远。

但是,走在回廊的脚步里,已经没有了不安和恐惧。

我觉得,这一辈子的不安和恐惧,都已经被我尝遍了。我就像变成了一个老人。

我继续往前走。

说实话,我已经不想再踏进这座城塞,无奈我还有一件事没有做。

没有任何人的迹象。

这在情理之中,因为七海联盟军已经将所有人保护起来,还把他们搬运走了。但是,即使发生了那么多的惨剧,和我初次踏入这里的时候相比,紫骸城的氛围根本没有发生变化——没有变得更怪异。

和以前一模一样,没有一丝变化——仿佛如此大量的死亡,也只不过是不值一提的日常生活。

第八章

我沿着曾经走过的路，继续往前走。

发生了各种各样的事情，却过了仅仅不到一周的短暂时间。

然后，那个物体再次出现在我的眼前。

入城后，最初看到的明确的物体——"龙的骨骼"，带着不变的压迫感，用空洞的眼睛俯视着我。

我微微颤抖着，走到骨骼标本的脚边。底座相当高，要爬上去很费劲。

不出所料，底座的中央被挖空了。

凹陷处的角落里有一个黑乎乎的影子。我走到那里，取下盖在上面的布。

一名少女出现在那下面。她双眼紧闭，处于假死状态。

这是一种极其简单的、利用拟死咒语的活体伪装术。我解除了这个咒语。

少女睁开眼睛，一边大声说着，一边伸了个懒腰站了起来。

"啊——，睡得真香！"

当然，这就是盗贼少女乌兹·夏欧本人。

"你果然来救我了，弗洛斯·弗罗雷德。"

少女向我眨了眨眼睛。然后，她环视四周，问道："咦？U2R呢？"

"他被送去修理了，要花一段时间才能修好。"

"发生什么事了？"

"不，是事件解决时被牵连了。"

我姑且做了说明，但没有告诉她详细的行凶手法，只让她以后自己去调查。因为我无法自信冷静地进行解说。

"嗯。虽然不太清楚，但应该很不好过吧。"

"不过，多亏你装死，行会的干部们才打消了对我的怀疑。谢谢。"

我重新向她道谢。

"哎呀，说实话，我当时很不确定……不过，你还是理解了我的意思。"

"这个嘛……"

当我后来听说夏欧死去的情形时，立刻就发现她的死有很多根本性的问题。

据说她是被火包围着死去的，但她的身体弹飞后撞到天花板这点，首先就很让人疑惑。因为这座紫骸城的墙壁会吸收所有魔法，如果是咒语点火的话，火焰在那时候应该就会被吸收并熄灭。而且，最具决定性的是，那具燃烧的尸体说话了，给我留下了口信。

"无论正在燃烧的人如何想要张嘴发声，由于燃烧效应，空气剧烈流动，声音是无法传递的。换句话说，是人正在别的地方说话。当时，你应该是通过不燃的线或别的物件从上面操纵另一具尸体，从而制造出尸体还活着的假象吧？"

"撞到天花板的时候，我就用其他尸体替换了。正如你所说，首先我让自己看起来像着火了，撞到天花板后把火扑灭，同时拉动早就挂在上面的尸体的点火阀，让尸体燃烧起来并把它扔下去。"

不愧是大盗才做得到的绝技。

"当时紫骸城里就有很多烧焦的尸体——"

我叹了一口气。因为从体格上看，她使用的应该是那位温柔的老妇人的尸体——她曾经在我紧张的时候向我搭话。

"毕竟大家都挺退缩的，并只感到惊讶，我想他们不会仔细调查了。"

从那以后，她就一直在这里保持假死状态，躲藏在我之前告诉她的，摆放着龙骨标本的地方。

"不过，不愧是弗罗雷德上校。幸亏你能识破啊，要是没有人发现我，那就麻烦了。"

夏欧的声音很欢快，但我还是感到有些难以释怀。

那是因为——不容置疑，那对双胞胎应该也知道这件事。但是，他们却直接忽略，认为这件事不重要。我不禁觉得，自己就像在捡拾遗落的稻穗。

我没有回答，而是把水壶递给她。

"啊，谢谢你。"

她痛快地把水都喝光了。我苦笑起来。对自己施了拟死咒语的夏欧，在那时候就解除了"印象迷彩"的效果。当时，她甚至不知道自己被施了那种咒语。

"嗯？怎么了？"注意到我复杂的目光，夏欧问道。

我刻意没有回答,只是反问道:"你得到紫骸城的秘宝了吗?"

她的眼睛里立刻就闪烁起顽皮的光芒。

"哎呀,该怎么说呢?"

"?"

"所谓秘宝,就是指这座紫骸城。这座城塞的'形状'就是秘宝。"

"什么意思?类似一级雕刻艺术品那种意义?"

"不是那种高高在上的意义。紫骸城的构造不是很复杂吗?这一切就始于我的疑惑——为什么紫骸城会是这种构造呢?如果能够从上空往正下方俯视,那就最好不过了,但你也知道,飞行物无法接近这里。"

她的话让我恍然大悟。

"难道,这座城塞本身就是某种'魔法阵'?"

听她这么一说,我也觉得如果在脑海中旋转这座城塞,城塞的形状确实与那个传送纹章很相似。难道这座城塞的形状本身,就是一个巨大的咒语吗?

"如果只是为了收集诅咒能量,只要用相应的材料建城不就足够了吗?既然再进一步,把城塞建成这种荒唐的构造,我想一定是有某种理由。"

"那么,你搞清楚了吗?"

"总之,我可以把已知的绘制成图纸,但那是什么纹章,就要分析后才知道了。"

第八章

"是李·卡兹设下的咒语吗?到底是什么样的咒语呢?"

我感到背脊在颤抖。作为迄今为止一系列事件的元凶,难道紫骸城里还有什么秘密吗?

"不过,即使解不开这个谜题也没关系,对我来说并没有那么遗憾。"

夏欧的话让我有些意外。

"咦?"

"哎呀,怎么说呢,这也算一种梦想嘛。不断追寻以前发生的大事件留下的线索时,自己体会到的那种兴奋心情,对于我来说,才更像目的。"

"你这话听起来,与其说是盗贼,不如说是吟游诗人。"

我笑了起来。

她也不好意思地笑了。不过,马上又恢复了严肃的表情。

"所以,即使无法解开这个谜题,我也会把这些情报卖给别人。反正我不是学者,解开谜题也不是我的工作。以后要烦恼的事就尽管交给别人去办,反正我根本不在乎。"

"原来如此。你很可靠嘛。"我苦笑道。

"要不卖给你也行啊。我欠你人情,可以给你打折。"

"我就算了,我暂时不想考虑这座城塞的问题。"

听了我的话,夏欧哈哈大笑。

"你太消极了!应该更有自信!这次的事件也是多亏了你才解

291

决的。"

"这就不好说了。"

我叹了一口气。只觉得到头来,自己只是在各种浪潮之中随波逐流。

"好了好了,英雄先生,别露出那种表情,打起精神来!"她有些粗暴地拍了拍我的背。

我不由得打了个趔趄,等我回过头去的时候,她已经一跃而起,跳到了龙的骨骼的头顶。然后,轻轻地挥了挥手。

"下次再见吧,弗罗雷德上校。我好像和你挺有缘分的。"

"喂,外面重新画了一个由七海联盟准备的传送纹章。回去的时候要用上的。"

听了我的提醒,夏欧却挥了挥手指。

"有一段时间没去巴特洛古森林了,我要从那里穿过离开。如果不进行盗贼的修炼,我会被外公骂的。再见啦!"

说完这些话,她纵身一跃。

眨眼之间,她就从我的视野中消失了——仿佛在说,盗贼久坐无益。

*

"真是败给她了。"

第八章

我自言自语道，笑不出来，也无法叹气。

刚才的夏欧也好，希斯罗·克里斯托夫也好，我的朋友向我展示了洒脱的生活方式，而且不允许我独自消沉。

总之，我在紫骸城里该做的事都做完了。久坐无益——这话说得没错。

我翻过台座，回到大厅，准备返回。

不能总是犹豫不决。必须回到外面混乱的世界，去完成自己该做的事——我坦率地想。

最后，我再次看向龙的骨骸。

现在看来，这具骨骸标本就像这一系列事件的象征。傲慢、自大、咄咄逼人——但是，它只不过是一具空洞、虚假的尸骸。

我想，这一系列事件也是如此。

"那么，就此告别了。"

说着，我总算有些放下心来——就在这时。

嘎吱！

这个声音，不知从哪里传来。听起来像是某种东西在嘎吱作响。

嘎吱、嘎吱！

声音连续不断。

我茫然地站在原地，声音也在我的周围变得越来越响亮。

嘎吱、嘎吱、嘎吱、嘎吱嘎吱嘎吱嘎吱嘎吱嘎吱嘎吱嘎吱嘎吱嘎吱！

293

紫骸城事件

现在，这不是不知从何而来的声音了。

而是到处都在作响。

整座紫骸城都在颤抖，那巨大的身躯嘎吱作响。声音从所有的方向传来。

周围的墙面已经不再发出微光，只见闪光忽明忽灭。

至今为止我听过的、思考过的话语，就像周围的闪光那样，在我的脑海里激烈地闪烁。

"城塞是战争的工具。"

"只是用于储存诅咒，作为理由不够充分。"

"城塞本身就是一个巨大的魔法阵。"

难、难道？！

我的双脚开始颤抖。但是，这不仅是因为恐惧，因为地板本身也微微地震动起来。

开始活动了。

明、明明已经过了三百年……不、不对，不是这样的！

长久以来，我们都从根本上误会了。现在我才明白过来。

这座城塞的建造者，没有与宿敌同归于尽。长达三个世纪以来，紫骸城不是徒劳地耸立于此。相反，这个巨大的"工具"一直——

我还没掌握事态，那件事就领先一步，到底是发生了。

第八章

周围的墙壁上迸发出剧烈的火花，那些闪光在空中构成了一个形状。

那是人类的形状。

有着优美的曲线，让人感觉到清晰的意志——那是一个美丽的女性形象。

"城塞和传送纹章很相似——"

确实如此，但同时也并非如此。那不是从一个地方转移到另一个地方的东西。

那是用于穿越时空的纹章——

在我倍感愕然之前，女性就化为了实体，直接在下面的龙骨上降落。那具骨骼并不是单纯的装饰物，是为此而作的标记。

"来这里"。

她直接站在骨骼上，就着降落的惯性摧毁了它。

骨骼碎片飞散，她却面不改色，安然降落在地板上。

"呼——！"

她做了一个深呼吸。与此同时，周围的空间发出了"砰"的一声巨响。

然后，女性向我看过来。

"喂，拉古纳斯语言还能用吗？"她用清晰无误的发音问道。

"……"我答不上来。

站在那里的，是曾经统治全世界并将其打入恐怖深渊的，史上第一的虐杀暴君，也是穷凶极恶的魔女。

"我叫李·卡兹——这个名字还为人们所知吗？还是已经被遗忘了？算了，这些事无所谓。"

如果单论声音，魔女的嗓音要比世上任何东西都甜美，更让人感到安心。

不顾我还在发愣，魔女伸手摸了摸地板。

"三百二十三年三天七小时三十四分。在这任意的期间内，还算储存了一定的能量。唉，就这样吧。"魔女喃喃自语。

随后，被她触碰的那部分地板开始变大，发出了光芒。

与此同时，周围那些闪光的明灭也发生了变化。它们像生物一样动了起来，随着移动形成旋涡，最后汇聚到魔女手中的那一点上。

单论紫骸城，它收集诅咒能量的功能有速度限制，或许不足以立即成为魔女的战斗力。

但是，如果花费三个世纪的时间持续进行收集的话……

光芒以惊人的速度聚集到魔女的指尖。与此同时，从四面八方传来了轰隆轰隆的龟裂的声音。墙面和天花板在逐渐开裂。外面的光线从裂缝照射进来。

长久以来支撑着紫骸城的能量，被一点不剩地收集起来，最后消失在魔女的体内……

"哼！"

魔女的眼神变得锐利起来，她抬头看向天空。

然后，她笑了。

那是一个可怕的微笑。

"呵呵——呵呵呵呵呵呵呵……"

既蕴含着愉悦得不可抗拒的热烈，又透露着沉静杀意的寒冰般的阴冷——那是不折不扣的魔女的眼神，足以把与之对视的生物变成石头。

"已经来了吗！"她敏锐地低语道，然后在地板上一蹬，跳了起来。

在跳跃的过程中，那个身影就如同被抹去一般，消失得无影无踪。

如深海底部般的沉重寂静持续了一段时间。但是，我很快就回过神来。

我发现了一件不得了的事。刚才魔女说了什么？

她说"来了"……那是指什么东西来了？

魔女已经将紫骸城作为"补给基地"用完了。那么，"补给"又是为了什么呢？

"啊！"

我发出无声的惨叫，以最快的速度奔跑起来。

紫骸城事件

不能待在这里!

很快,与魔女对峙的存在也会来到这里。

产生龟裂的紫骸城已经不再坚固,很快就要无法挺立了!

我跌跌撞撞地从昨天希斯罗打开的出口飞奔到外面去,然后顺着已经垂下的绳梯,如同坠落一般往下滑。

简直是生死一刻。

就在我试图离开城塞的时候,在我身后,空中又一次出现了可怕的火花。

回头一看,眼前就发生了爆炸。

从爆炸的火焰中飞出的人影,如同陨石一般,一头扎进了紫骸城。

在这一击之下,巨大的城塞被炸得粉碎。

构成城塞的无数碎片飞散到各个方向。爆炸的气浪和冲击从我的头顶穿过,在森林中蔓延开来。

在爆炸的烟雾滚滚升起,很快又被强风逐渐吹散的那个区域的中心——站着一名少女。

少女高挑纤细,身体上没有一丝伤痕。

她看起来更像一名少年,给人一种似曾相识的感觉。不知为何,我觉得自己好像认识那张脸。

我确实见过那种眼神。即便对手是全世界,那双眼睛也会毫不胆怯地与之对视。但是,少女并没有注意到我,只是将锐利的目光转向魔女刚才消失无踪的方向。

第八章

"啧！"

她啧了一声，同样跳了起来。随着一声轰鸣，她的身影也消失在空中。

她们去了哪里？

不，应该说她们去了哪个时空？

"啊、啊啊……"

即使过去了三百年，不，即使现在活在世上的所有人几乎都死了，那两个人的战斗也仍然在持续……

"啊啊啊啊，啊……"

我全身乏力，瘫软在地。与此同时，脑海里再次浮现出那句话。

"城塞，只不过是战争的工具。"

而现在，这座城塞已经失去了全部的存在意义。什么都没有留下。

只有一个既无内侧也无外侧的荒废的世界在那里茫然地延伸，草率得宛如一具刚出生就被遗弃的婴儿的尸骸。

只有风，仍在呼啸。

解说——诅咒是什么

"老师,你认为人类是依靠什么存活的?"

"怎么突然问这个?费尔法斯拉特,你的思维太敏捷了,会把别人抛在后头。你要注意一点。"

"哎呀,尽管如此,你还算好的了。在这所尖端魔导研究学府里,只有你这位老师跟得上我的发言。"

"你还真是直截了当——你是说,其他人的水平不一样吗?"

"不,老师,不同的是'次元'。比较水平是没有意义的。我们和他们,本来就处于不同的阶段。"

"你之所以没有被赶出学府,是因为你极其优秀,而不是因为学府认同你的言论。希望你明白这一点。"

"也就是说,尽管人们不认同我,但我还是自私自利地存在于这里。呵呵呵。"

"你看起来很开心。难道你不会觉得有些愧疚吗?"

"对谁?"

"对大家,你不是独自活在世上。对,这就是刚才那个问题的答案。人类是依靠其他人存活的,你也不例外。"

"但是,这些其他人也是依靠大家存活的,既然大家都一样,谁也无法独自活下去，那就没有必要为此感到愧疚吧？"

"不是这样的。如果你老是说这种话，早晚会把全世界都变成你的敌人。如果没有人支持你，你就不再是'一样'的了。"

"唉……老师，这就是你的极限了。不，或许可以说是你的个性。"

"你在说什么？"

"老师是怎么看待人类的——只凭刚才的对话，我就在某种程度上明白了。你相信，大家都甘愿接受以他人的支持为基础的生活。"

"你到底在说什么？这不是理所当然吗？"

"老师……其实大家都很讨厌别人。如果没有别人的支持就活不下去，那还真是让人讨厌得不得了。"

"你到底在说什么啊？"

"老师，你一定知道我在说什么。当你不得不向讨厌的人提出请求时，难道没有想过把这一切都抛诸脑后吗？大家都是这样的。世上所有人都是这么想的。那些家伙竟然大模大样，摆出一副恩人的姿态表示他们在支持自己——大家只是假装接受，其实打心底里对此感到恶心至极。这种心情充斥整个世界，覆盖了我们的文明。"

"文明？你又夸张了……你所说的这种不满和冲突的源头确实存在，但这和文明有什么关系？"

"因为这是支撑文明并推动文明进步的原动力。"

"胡说八道，这种说法实在太荒谬了。"

"那么，老师，你认为是什么推动了文明的进步呢？"

"这……因为人类有成长的意愿,生来就希望让世界变得更好。"

"这最多只能保护我们周围人的幸福——仅仅是当下的、近在咫尺的、在自己所知的范围内。世界不会因此改变,也不会因此得以维持,总有一天会面临崩溃。"

"你怎么能这么断言？"

"老师,这就如同人的一生。年幼的时候,我们以为自己无所不能；年轻的时候,我们相信无限的可能性；后来,我们却败在世界的残酷之下,变得疲惫不堪,失去所有的动力；等我们垂垂老矣,我们就会摧毁以前的所有辉煌,最终消亡。所谓历史,终究只是在重复这个过程。我们无法从中找出任何进步的原因。不断向前迈进的事物,其实只有'恶意'。"

"恶意？"

"老师,你认为人活着的目的是什么？这个问题正好与刚才相反。依靠他人存活的人们,到底是为什么活在世上呢？"

"这不能一概而论。大家活在世上,都是为了把握只属于自己的梦想。"

"你这话说得就像雾间诚一[1],这又有什么用处呢？你和他的共同点,顶多就只是同为'魔女的父亲'吧？"

"啊？你刚才说什么？雾什么来着？从你的发音听来,不像是这

---

[1] 雾间诚一是不吉波普系列的登场角色。——译者注

个世界的东西。这是人名吗？"

"这是异世界的话题，与我和老师没有任何关系。比起这个，老师，你属于暴露在其中的一方，一直以来只是一味地防御，所以不明白也是理所当然的。人在本质上，就是为了拖累和排斥他人而活着，然后因此获得优越感，这就是所有幸福的本质。人生的目的，就是怨恨、憎恨那些一切顺利的家伙，诅咒这个世界为何不遂我愿——只有在这个目的得到穷尽的时候，这个世界才会成立。"

"你的观点太极端了，太过火了。无论如何，也不可能只有这些……"

"比如说？还有爱吗？"

"是可以这么说。不对，我觉得你大概会说人类的爱也是互相争夺，大多数人都无法和自己期望的人结合。"

"老师也终于意识到这一点了。那么，在这种情况下产生的竞争和败者的想法会到哪里去呢？这些诅咒……"

"呃，哪里？"

"这些想法充斥着整个世界。这些诅咒，正是人之所以为人的理由，是人类生于世上的存在价值。人是为了诅咒而诞生的。当人类怀有梦想的时候，首先会想到什么？会追求什么？"

"首先，是近在眼前的事物……比如他人手中的事物，已经存在的事物——想要，但得不到。所以，至少要制造出替代品来……通过这种方式，文明积累了各种事物，获得了多样性。这的确是事实。不可否认，可能性是有限的，成功就要互相争夺。但是，这个世界不可能只有恶意。"

"是啊，这个世界还有其他的可能性。"

"既然如此——"

"但是，人类不会做出其他选择。不是无法选择，而是不选择。尽管除了恶意以外，还有很多别的方法，但人们最终还是会选择恶意，选择挤掉他人的方法。因为人们得到了他人的支持，人们要依靠他人活在世上。他人的遭遇，怎么会让人感同身受呢？如果只有我支持别人，那就太不公平了，别人也应该来支持我——这种想法会让人类被诅咒缠身。这种思绪极其巨大，就像城墙一样，坚固地包围着我们的人生。所有人都是困在城中的可怜公主，将我们紧紧束缚起来的紫荆棘，就像快要枯萎的尸骸。我们在等待王子来拯救自己的同时，却不允许别的公主比我们先得救——呵呵呵呵。"

"我知道你至今为止遭受了无数的嫉妒和攻击，但你也没必要让自己一味地坚持这种恶意吧？你拥有属于你自己的未来，不是吗？库拉斯塔汀·费尔法斯拉特——不，也许我应该叫你的乳名——李·卡兹。年幼的时候，你一定也曾经有过梦想吧？"

"属于我的未来？"

"是的。再这样顽固下去，你迟早会被孤立。你的优秀才能，不应该被这种偏激的思想束缚，应该更自由自在地发展下去——有什么好笑的？"

"哎呀，哎呀！老师，你还不明白吗？被孤立的不是我，而是老师。"

"咦？"

"假设我的傲慢遭到全世界的谴责，几乎要被排除在外——你认为，那时的我会孤独吗？"

"这是什么意思？"

"我极其优秀，出类拔萃，拥有异乎寻常的力量，难道其他人有办法就这样把我消灭吗？当这些人准备一起向我进攻的时候，难道不会有哪怕一个叛徒抢占先机，前来向我'告密'吗——你是这么想的吗？"

"呜……"

"大家都想胜过其他人——比起我这种超出常规的存在，那些近在咫尺的，触手可及的，总是假模假样的半吊子才更容易遭到恶意的攻击。你明白吗？是的，就是像你这样的人，库奥尔特博士。"

"……"

"老师，你也是一个恰如其分的强者。但是，你的坚强是有限度的。这种无法接受恶意的洁癖，总有一天会把你逼上绝路。你最好注意一点。"

"唉……全都被你给顶回来了。不过，这是恶意吗？"

"嗯，从世俗的意义上来说，这已经算是挖苦了。"

"是吗？我觉得你是真心为我担忧，还给了我一些忠告。是我的错觉吗？"

"老师，你绝对得不到自己想要的东西，即使它现在就在你的眼前。"

"……"

"你会为此感到不满吧？你无法舍弃那些怨恨和诅咒，只能怀抱着它们活下去。但是，诅咒最终会让你创造出你想要的东西的替代品。即使你得不到真正想要的东西，诅咒也会成为你的原动力，驱使你创造出与之相似的、具有同等价值的东西。你的诅咒，会让它诞生在这个世上。"

"……"

"我很期待，库奥尔特博士……因为你恐怕是这个大规模魔导世界中，唯一能与我——李・卡兹的智慧匹敌的人。"

"唉，你是在挖苦我吧。从你的发言中，我明显感觉到你的恶意。"

"是的。毕竟维系未来的，就只有恶意——呵呵。"

后记——城中的世界与世界之外的城

　　星新一老师著有一部以丰臣秀赖为主人公的时代小说《城中人》。以秀赖为主人公的作品少之又少，我想不出还有哪些作品在对秀赖的描写上能与之媲美。小说中有一个场面——年幼的秀赖初次进入大阪城时，为终于找到属于自己的地方而大受感动。丰臣家的荣耀和统治力量等，对他而言还太过复杂、无法理解，但大阪城的坚固与巨大却是可以亲身体验到的无可争辩的现实。实际上，据说秀赖自入城后，至死几乎都没有出过城。这有点像贝尔托卢奇的电影《末代皇帝》，但《城中人》的秀赖从未认为自己是被关在大阪城里。小说的描写会让人觉得，城里实在是太舒服了，他根本就不想出去。我也莫名地觉得，这应该就是事实吧。

　　顺带一提，我从来没有在任何地方体会过"这就是我的安身之所"的感受，说白了我觉得"人类根本就不会有那种东西"，不过，我却很能理解《城中人》里秀赖的感受。我确实体会过这种感受——那就是"心灵"。人的心里都耸立着如同秀赖的大阪城那样坚固、巨大、压倒性的城塞，不知不觉之间就会把这个人关在城里。这未必是对自我的压抑，倒不如说，这的确是对自我的保护，只是决不允许自我去往外面的世界，这也可谓"心之壁"吧。如果这样会产生臆想或偏见，我们是否就应该赶紧摧毁心中的那座城塞呢？但我觉得事情没有那么简单。因为心中城塞也是支撑这个人的事物，破坏它也就等于破坏这个人的精神。

不过，大阪城最终并没有作为秀赖的安身之所发挥作用。他确实死在那里，但大阪城发挥的最大作用，是作为德川幕府打倒丰臣势力的象征迎来被摧毁的结局，秀赖对这座城的浪漫感情终究只是渺茫无常的东西，所以他在大多数的历史作品中往往被描绘成单纯的傀儡。人可以依靠城，但城却不是为了成为人的依靠而造的坚固建筑。归根究底，城塞只不过是战争的工具，是为了压倒他人而存在的。而且，建造心中城塞的材料——人们在成长过程中发现并在心中逐一堆积起来的那些砖块，恐怕也几乎与人们自身的想法无关。比如，对于走精英路线的人来说，对学历的自豪感是他们心里的一堵砖墙，假如他们成为高级官员后因收受贿赂而被迫辞职，那么这时候，这堵砖墙就无法成为他们的心灵支柱。倒不如说，在心中建造的城塞，或许只会妨碍他们东山再起。不过，如果突然把那座城塞摧毁，他也很可能因此变成一具空壳。心中有一座城——这本身既不是好事，也不是坏事。那么，问题到底出在哪里？为什么从心中城塞产生的偏见和歧视会带来各种各样的问题呢？

不——这个问题的表述本来就有问题。为什么要建造城塞？因为人心过于脆弱，无法直接和这个世界对峙。那么，心灵本身就是脆弱的吗？是，却也不是。因为城塞周围的世界要残酷得多，没有城塞，人就无法保持理智。世界是残酷的，为了对抗这种残酷，人类建造了以文明为首的各种城塞。最初，城塞的确是用于自保。之所以在后来成为人们伤害彼此的心灵和生命的原因，归根究底，还是因为在世界的残酷面前，人们心中的城塞仍然无法与之抗衡吧。

长久以来，人类一直在内心与外面的世界不断地建造城塞。这本身既不是好事，也不是坏事。确实，人类在许多方面做出努力，希望让这个世界变得更好，而且也真的在改变世界。只是变化不一定总是朝着正确的方向，我们也见证了许多明显的失败案例。但无论好坏，我们肯定会以现在还无法想象的形式建造出一座与世界对抗的城塞——就像在中世纪的人类看来，"科学之光"也是无法想象的。当未来的我们看到那座新城时，会哀叹自己的城塞被摧毁了，还是会兴高采烈地进入新城，感慨这里才是自己的安身之所呢？如果有一天，我们能够走出城塞，外面的世界会变成什么样呢？已经不再残酷了吗？还是在残酷变得理所当然之后，我们的心灵就连城塞都不需要了呢？不过，既然现在的我们还待在城塞之中，当然也就无从想象了。因为我也被关在城里，所以不知道自己在说什么。

不过，至少你在心中建造的城塞，从来就不是为了保护你而存在的。在我看来，这是不可动摇的事实。毕竟城塞这种事物，本来就不会动。

图书在版编目（CIP）数据

紫骸城事件/（日）上远野浩平著；汤豆腐译.--
宁波：宁波出版社，2023.5
ISBN 978-7-5526-4896-6

Ⅰ.①紫… Ⅱ.①上…②汤… Ⅲ.①推理小说—日本—现代 Ⅳ.①I313.45

中国版本图书馆 CIP 数据核字（2022）第 045363 号

版权合同登记号：图字11—2023—227

SHIGAIJOU JIKEN inside the apocalypse castle
© Kouhei Kadono 2018
All rights reserved
Original Japanese edition published by KODANSHA LTD.
Publication rights for Simplified Chinese character edition arranged with KODANSHA LTD.
through KODANSHA BEIJING CULTURE LTD.Beijing,China.
本书由日本讲谈社正式授权，版权所有，未经书面同意，不得以任何方式作全面或局部翻印、仿制或转载。

紫骸城事件
ZIHAICHENG SHIJIAN

[日]上远野浩平　著
汤豆腐　　　　译

出版发行	宁波出版社
	（宁波市甬江大道1号宁波书城8号楼6楼　315040）
责任编辑	孙秀秀
责任校对	叶呈圆
印　　刷	北京盛通印刷股份有限公司
开　　本	880mm×1230mm　1/32
印　　张	10.25
字　　数	200千
版　　次	2023年5月第1版
印　　次	2023年5月第1次印刷
标准书号	ISBN 978-7-5526-4896-6
定　　价	48.00元

如发现缺页或倒装，影响阅读，请与印刷厂联系，电话：010-52249876
（版权所有　翻印必究）

Alchemist in Locked Room

《炼金术师的密室》

[日] 绀野天龙 著
杜星宇 译

在大企业墨丘利公司的邀请下,作为亚斯塔禄王国军务部炼金术对策室室长,同时也是炼金术师的特蕾莎和青年士兵艾米利亚一同前往水上蒸汽都市——特利斯墨吉斯忒斯。据悉,墨丘利公司旗下的炼金术师费迪南德三世实现了通往神域的"第四神秘"——长生不老,并打算举办典礼公告天下。但就在典礼前夜,费迪南德三世的尸体却在密室中被发现……世界顶尖的炼金术师究竟为何会惨死在自己的实验室中?本书在此为您献上充满巧妙逻辑的奇幻推理之旅。

炼金术师消的失

Alchemist in Mercury Tower

《炼金术师的消失》

［日］绀野天龙 著

杜星宇 译

New Arrival

为了调查原初的炼金术师的宝藏，亚斯塔禄王国的炼金术师特蕾莎和艾米利亚来到水银塔。没想到前来此地的还有巴力帝国的炼金术师、调查"神隐"现象的圣骑士团、到访的巡礼者以及一位令艾米利亚惊讶的故人。怀揣着各自目的的一群人，因一场暴风雨被困在孤岛的水银塔中。而一夜过后，圣骑士团队长被谋害，随后几个夜晚又陆续有更多人遇难……